아무튼, 잠

아무튼, 잠

정희재

제
철
소

언젠가 내 속에서 모든 예술이 하나가 되어 천재적인 일필에 이른다면 나는 잠에 대한 칭송을 쓸 것이다. 나는 삶에서 잠을 잘 수 있는 것보다 더 큰 쾌락을 알지 못한다. 삶과 영혼으로부터 완전히 꺼져버림, 모든 존재와 인간으로부터 완전히 벗어남, 회상도 착각도 없는 밤, 어떤 과거도 아직 미래를 가지지 못함,

　　ㅡ 페르난두 페소아*

---

* 『오늘의 착각』(허수경 지음, 난다, 2020)에서 재인용.

차례

잠에 진심입니다

잠을, 자는 것 자체를 사랑한다. 어려서부터 그랬다. 몇 년 전 어느 밤에는 이제부터 잘 수 있다는 행복이 북받쳐 나도 모르게 괴성을 지르기도 했다. 그 소리에 가장 놀란 건 바로 나 자신이었다. 하필이면 혼자 소리를 지른 곳이 침대라니! 침대는 최소(?) 2인은 집합해야 소란이 일어나는 곳 아닌가?

나 다음으로 놀란 건 벽간 소음을 나누며 살던 옆집이었다. 술자리라도 여는지 팝콘처럼 터지던 여러 목소리가 갑자기 뚝, 그쳤다. 극적인 정적이 내려앉았다. 투시력이라도 생긴 것처럼 내 눈에는 보였다. 다수의 남녀가 침묵의 파도를 뒤집어쓴 채 비맞은 생쥐 꼴로 얼어 있는 모습이. 그러거나 말거나 잠의 찐팬이라면 이 정도 환호는 질러줘야 한다.

일이 있어 외출했다가도 집으로, 구체적으로 말하자면 침대로 어서 돌아가고 싶을 때가 있다. 세상을 영원히 미숙한 상태로 헤맬 것 같은 날. 내가 나를 감당하며 사는 것에 지칠 때, 세상 앞에서 두 손을 배꼽에 모으고 아뢰고 싶다.

소인 이만 퇴청하겠나이다.

백석의 시구를 내 식대로 바꾸자면 '자는 것은 세상한테 지는 것이 아니다. 세상 같은 건 더러워

자는 것이다'.

그러나 침대로 귀환은 보상이다. 오늘 하루 '나'로 분투하며 잘 살았다는 인정이다. 일과를 잘 보내고 떳떳하게 고요한 잠, 거룩한 잠, 어둠에 묻힌 잠을 영접할 것이다. 의식에 차양을 내리고 고치처럼 몸을 만 채. 그러면 이 삶은 다시 견딜 만해지고 의미를 탈환하지 않을까.

잠을 사랑하는 이유 중 하나, 정직해서다. 잠처럼 투자한 만큼 따박따박 대가를 돌려주는 체계도 드물다. 주식과 선물, 가상화폐는 어지간한 영혼은 탈탈 털리고 말 가변성으로 롤러코스터를 태우지만, 잠은 아니다. 잠은 투자한 시간만큼 심장 건강과 체력, 그리고 집중력을 돌려준다. 모질고 거친 세상에서 쪼그라들었던 마음도 복원된다.

잔다는 건 결핍과 욕망의 스위치를 잠깐 끄고 생명력을 충전하는 것. 잡념을 지우고 새로운 저장장치를 장착하는 것. 쓰라린 일을 겪고 진창에 빠져 비틀거려도 아주 망해버리지 않은 건 잘 수 있어서다. 잠이 고통을 흡수해준 덕분에 아침이면 '사는 게 별건가' 하면서 그 위험하다는 이불 밖으로 나올 용기가 솟았다. 잠은 신이 인간을 가엾게 여겨서 준 선물이라고 생각한다.

잠을 청하다.
잠이 온다.
잠에 빠지다.
잠이 달아났다.
잠에서 깨다.

이런 표현들을 보면 잠은 귀가 있고, 발이 있는 것 같다. 부르면 오고, 순식간에 달아나기도 한다. 사람을 끌어당겨 빠지게도 하고, 밀쳐내며 깨어나게도 한다. 순순하게 품어주거나, 심통을 부리고 밀당도 하는 걸 보면 심지어는 마음도 있는 것 같다.

귀와 발과 마음이 있다면 얼굴도 있지 않을까. 잠의 얼굴을 상상해본다. 슬라임처럼 만지면 만지는 대로 형태가 변해서 결코 완성되지 않는 얼굴을. 어느 땐 유칼립투스 잎을 소화하는 데 에너지가 많이 들어 22시간을 잔다는 코알라가 어른거린다. 어느 밤엔 체념증후군에 빠진 스웨덴의 난민 아이 얼굴이 되기도 한다. 난민 신청이 거부될까 두려운 나머지 아이들이 뇌의 인지 기능을 끄고 길면 몇 년까지도 깊은 잠에 빠진다는 다큐를 봐서일 것이다. 마음 놓고 잘 만한 곳을 확보하지 못하자 자발적 혼수상태로 자신을 보호하는 아이들. '아픈 잠'을 사람으로 형상화하면 그런 모습일 것이다. 잠의 얼굴은 그때그때 마음에 맺히는 것을 반영해 빚어진다.

어린 시절과 십대 때는 잠의 얼굴 같은 건 궁금하지도 않았다. 그때는 '이제 그만 자라'는 말만 안 들었으면 했다. 더 놀아야 하는데. 내가 원할 때 자고 싶은데. 신나고 짜릿하고 궁금한 것을 접고 하루를 끝내야 하는 게 아쉽기만 했다. 잠을 최대한 미루고 싶었던 시절에 비하면 잠을 고대하는 어른의 마음은 얼마나 피로가 깃든 것인지. 인생은 눕고 싶어 하는 시간과 누워 있는 시간으로 구성돼 있다는 말에 얼마나 격하게 고개를 끄덕이는지.

당신도 이런 마음이 든 적 있다면 건배를 청하고 싶다. 우리 손에는 숙면을 방해하는 술 대신 신경을 안정시키는 캐모마일차가 들려 있을 것이다. 부디 7~8시간 푹 자고, 베르나르 베르베르의 소설 『잠』에 나오는 수면의 5단계* 가운데 4, 5단계에 해

---

* 0단계: 입면, 1단계: 아주 얕은 잠, 2단계: 얕은 잠, 3단계: 깊은 잠(몸의 회복), 4단계: 아주 깊은 잠(기억력의 회복), 5단계: 역설수면(몸은 극도로 이완되어 바깥소리는 전혀 못 듣고, 심장박동은 느리고 체온은 떨어지는 반면, 뇌는 가장 빠르고 활발하게 움직인다. 멋지고 환상적인 꿈을 꾸는 단계이기도 하다.)

당하는 '아주 깊은 잠'과 '역설수면'에 이르기를.

언젠가 내 속에서 모든 예술이 하나가 되어 천재적인 일필에 이른다면 나는 잠에 대한 청송을 쓸 것이다.*

페르난두 페소아의 『불안의 서』에 나오는 구절이다. 페소아가 설정한 기준에 따르려면 나는 영영 잠에 대한 청송을 쓸 엄두조차 못 낼 것이다. 인간은 자신이 가진 것에 만족을 모르기로 소문난 종이다. 특히나 재능에 대해선 끝없이 결핍감에 시달리는 불행한 족속인데 대체 언제?

그나마 다행스럽게도 무엇을 좋아하고 빠져드는 데 꼭 재능이나 자격이 필요하진 않다는 것을 아는 나이가 됐다. 밤과 잠, 그리고 꿈의 세계를 이야기하기 위해 '천재적인 일필'에 이르길 기다릴 수는 없다. 그럴 필요도 없다. 그러기 전에 깊고 긴 잠인 죽음의 추격을 받을지도 모른다. 그래서 페소아의 구절 같은 건 가볍게 넘기고 잠을 향해 품은 마음을 그냥 쓰기로 했다.

* 『오늘의 착각』(허수경 지음, 난다, 2020)에서 재인용.

글을 쓰다가 막막하고 마음에 쥐가 날 것 같으면 침대로 갔다. 내 인생에서 잠은 한결같이 중요했고, 어려운 문제가 있을 때는 더 그랬다. 얼마나 많은 침대 위 시간을 거쳐 지금의 내가 됐는지 헤아릴 수 없다.

자고 일어난 뒤 글이 술술 써지는 기적 같은 건 기대하지 않았다. 자괴감과 무기력의 눈금이 내려가면 다행이다. 책 한 권의 무게에 짓눌리지 않고, 지금 쓰는 이 한 문장에 집중할 힘이 생기길 바랄 뿐. 그것만 해도 내게는 마술적인 변화니까. 내가 잠을 사랑하는 건 바로 이런 점 때문이었으니까.

'잠'이라는 키워드로 지난날에 손전등을 비추자, 온갖 사연들이 기다렸다는 듯 살아 움직였다. 잠에 얽힌 그 많은 이야기들에게 합당한 자리를 마련해주지 않고 살아온 것이 미안할 정도였다. 그러나 잠이라는 광맥에서 반짝이는 모든 것을 캐내, 이 작은 책에 담는 건 불가능한 일. 모든 책이 그렇겠지만, 여기에 모은 것도 글을 쓸 당시에 시절 인연이 맞아 당도한 이야기들일 뿐이다.

잠이라는 쾌락

신생아는 16시간 이상을 잔다고 한다. 영광스럽게
도(?) 나는 스무 살이 넘어서 '신생아'라는 별명을
얻은 적이 있다. 원하는 만큼 잘 수 있었던, 잠에 관
한 한 '좋았던 시절'에 있었던 일이다.

　　대학 시절, 생활관*에서 네 학기를 보냈다. 당
시 학교 측은 2인 1실의 방을 같은 과 선배는 방장,
후배는 방졸로 묶어서 배정했다. 1학년 2학기, 나의
룸메이트이자 방장은 동갑의 3학년 선배였다.

　　우리 방은 복도 맨 끝에 있어 상대적으로 외지
고 조용했다. 천혜의 입지 덕분이었을까. 오래지 않
아 그 방은 신생아실이라는 별명을 얻기에 이른다.
방문객들은 노크를 해도 기척이 없으면 슬며시 방
문을 열어보곤 했는데, 다음 순간 못 볼 걸 본 듯 신
속하게 닫았다. 딱 잠들기 좋을 만한 어둑한 방이
온몸으로 외치는 소리를 들은 것이다.

　　우리 자고 있어!

　　쌕쌕, 리드미컬하게 교차되는 2인분의 숨소리
를 들은 이들은 자기 검열을 할 수밖에 없었다. 이

---

*　'기숙사'는 일본어의 잔재이니 '생활관'을 대체어로 쓰라
　고 신입생 오리엔테이션 때 들었다. '다마네기(양파)'나
　'기스(흠집)'처럼 곧 우리말로 바뀔 거라고 생각했는데,
　'기숙사'는 아직도 현역이다. 약간의 배신감을 느낀다

천진한 신생아들을 깨워야 할 만큼 긴급한 용건인
가. 순식간에 스쳐 가는 성찰 끝에 대부분은 은근한
배려("자는 김에 푹 자라")와 안타까움("시험 기간
인데!"), 의문("체체파리에게 물렸나?")을 품은 채
문을 닫고 물러갔다. 그리고 어느 순간부터 방문객
들은 더 이상 놀랍지도 않다는 듯 조용히 탄식했다.

"잘 잔다, 신생아들!"

"이 방 아기들 만나기가 너무 힘드네."

잠결에 말소리가 들리기는 하는데 잠이 너무
달콤해서 눈을 뜰 수가 없었다. 원래 신생아를 면회
하러 가서 눈을 똘망똘망 뜨고 있는 아이를 만나기
란 쉽지 않은 법이다. 우리가 딱 그랬다.

우리는 강의가 없는 오전, 강의 사이에 생긴
틈, 수업이 끝난 오후를 가리지 않고 잤다. 그 점에
선 찰떡궁합인 룸메이트였다. 선배와 나는 같은 방
을 쓰면서도 좀처럼 친해지지 못했는데, 각자 자느
라 바쁜 나머지 맑은 정신으로 마주치는 시간이 절
대적으로 부족한 이유도 있었다. 무엇보다 우리 관
계가 애매했다. 학년은 2년 차이가 나지만 동갑이
니 선배의 권위를 내세우기도 애매하고, 후배의 애
교를 보이기도 민망한 상황이랄까. 이게 다 또래보
다 2년 늦게 입학한 내 죄다.

서로 이 꼴 저 꼴 안 보도록 잠의 세계로 도주한 건지, 잠자기 바쁘다 보니 낯을 가리게 된 건지 모르겠지만, 하여간 우리 방의 진짜 주인은 적막이었다. 어쩌다 비슷한 시간에 잠을 깨면 산발한 머리와 발그레 달아오른 뺨을 하고 어색하게 인사를 나눴다.

"지금 몇 시지? 너도 잤니?"

"네. 깜박 잠들었네요."

동갑인데도 2년 차이 나는 학번 때문에 우리는 깍듯하게 유교걸식 대화를 나눴다.

어려서부터 나는 잠에 많이 '끄달리는' 아이였다. 왜 그리 졸렸는지 모르겠다. 어른들은 "잠산에 묘를 쓴 조상이 있나. 왜 그리 병든 닭처럼 맥을 못추냐"고 혀를 끌끌 찼다. 나만 이상한 건가? 아니다. 어른들의 과거를 고구마 캐듯 조심스럽게 추적해보면 반전 고백이 딸려 나왔다.

"젊을 때는 원래 잠이 많은 거다. 잠도 힘이 있어야 자는 거지."

"낮에 잠깐이라도 눈을 붙이면 얼마나 꿀인데. 근데 우리 한창 때 낮잠은 금기였어. 죽으면 실컷 잘텐데 대낮에 어디 눕냐고 게으름뱅이 취급을 했지."

내 그럴 줄 알았다. 올챙이 시절 기억을 새까맣게 잊어버리고 잠을 죄악시하는 쪽으로 태세 전환하다니. 그 시절의 나는 잠 많은 이의 입장에서 투덜거렸다.

나는 제법 식탐도 있는 편이다. 하지만 '잘래, 먹을래?' 선택의 순간에는 망설임 없이 잠을 선택했다. 호강에 겨운 소리이긴 하지만, 밥 먹으라고 깨우는 것만큼 귀찮은 일도 없다. 가장 논리에 안 맞는 말이 '먹고 자'다. 아니, 먹다 보면 깨잖아. 이 기세 그대로 푹 자야 개운하다고요. 제발 날 내버려 둬요!

나는 수면의 양과 질에 따라 하루 컨디션의 진폭이 컸다. 잠이 부족하면 날카로워져 비관주의가 팽배한 반면, 양껏 잔 뒤에는 툭 치기만 해도 재치 있는 농담이 튀어나오고 여유가 넘쳤다. 이런 사정을 아는 이들은 내가 별것 아닌 일에 예민하게 군다 싶으면 일단 이렇게 묻는다.

"몇 시간 잤어?"

잠을 설친 다음 날엔 내게 결핍된 것들이 빠르게 드러났다. 안정감, 느긋함, 너그러움 같은 것들이. 그래서 내가 먼저 컨디션을 고백하고 공포탄을 쏘기도 했다.

"나 잠 설쳤어. 상태 안 좋아."

십대 때 이리 밀도 있게 푹 잤으면 키가 1밀리미터라도 더 컸을 텐데. 이십대 초반부터 중반까지 힘껏 잤지만 한번 놓친 성장의 골든타임은 돌아오지 않았다. 십대 시절에 친척 집에서 긴장하며 살던 한을 풀듯 이십대의 나는 자고 또 잤다.

왜 그리 잠에 집착했을까. 몇 가지 이유가 떠오른다. 하나는 체력이 약해서. 충분하게 자서 체력을 비축해둬야 최상의 컨디션으로 버틸 수 있었으니까. 두 번째는 습관성 긴장이라는 지병 때문에. 인간은 일정 시간 이상을 긴장한 채 깨어 있으면 무의식적으로 그것을 풀 방법을 찾기 마련이다. 수다, 목욕, 폭식, 음주가무, 섹스 대신 나는 잠을 택했다. 또 다른 하나는 도피하고 싶은 무의식에 혐의를 둬본다. 먹고 잠깐 노는 시간을 제외하곤 외면하고 싶은 마음이 눈꺼풀을 짓누른 게 아닐까.

무엇을 그토록 외면하고 싶었을까. 마치 조상들이 '너 글 쓰는 데 도움이 될까 해서 배경을 세팅해봤어' 한 듯이 심상치 않은 가족사, 자극과 현상에 반응하는 민감도가 예민한 감수성, 잘 풀리지 않는 연애, 파탄 난 남북 관계와 망해가는 지구 생태계… 자면서 잊고 싶은 일은 차고 넘쳤다. '너만 정신 차리면 모든 것이 가능하다'며 본인 책임론을 강조하는 기성세대의 하울링도 지겨웠다. 요약하면 외롭게 세상을 횡단해야 하는 피로감, 그 자체가 아니었을까.

우울해서 바닥을 치는 날이라도 일단 자고 나면 나아졌다. 작가 하퍼 리가 『앵무새 죽이기』에 쓴 문장은 언제 봐도 진리다.

아침에는 항상 상황이 나아진다.
(Things are always better in the morning.)

현실은 고되고 자극에 반응하는 자아의 활동은 활발하다. 하지만 자는 동안에 에고(ego)의 생각 공장은 휴업에 들어간다. 자면서 불안, 결핍감, 고독, 분노, 갈망… 같은 것들도 정화 작업을 거쳐 다룰 만한 사이즈로 줄어든다. 잠잘 때 두뇌 회로 구조에서 도파민이라는 신경전달물질을 활발하게 분비하기 때문이다. 덕분에 안정감과 균형감각을 되찾고, 그 안도감을 몸과 마음은 또렷이 기억한다. 그래서 중독된 것처럼 이불 속 동굴로 들어가곤 했다.

모든 중독이 그렇듯 잠에도 퇴행의 심리가 묻어 있다. 일어나봐야 텅 빈 하루가 기다리고 있을

뿐인 날, 나는 강력한 자력에 이끌리듯, 침대에 철썩 들러붙는다. 실제로는 할 일이 줄을 서 있어도 통제력을 잃어버린 마음은 시간이 공허하게 지나가는 것을 무기력하게 바라볼 뿐이다. 지금 내가 서 있는 자리를 직시하는 것이 두려워 어둠의 품속을 파고든다.

'나'라고 하는 이 의식은 어디에서 온 걸까. '하필 이런 나'를 데리고 어떻게 살아야 좋을까. 나는 무엇을 우선순위에 두는 사람이고, 언제 크게 웃는 사람인가. 평생 글 쓰는 삶을 살아갈 수 있을까. 길거리에 나앉지 않고 서른, 마흔에 이를 수 있을까. 자는 동안에는 이런 정답 없는 의문들을 잊을 수 있었다. 자의식이 해체된다는 홀가분함에 잠을 탐닉했지만, 실제로 내가 원한 것은 단단한 자존감이었다는 것을 지금은 안다.

잠을 만능 해결사로 여기던 이십대의 나는 몰랐다. 언젠가는 잠으로 외면했던 진실들과 대면해서 뼈 때리는 자각의 시간을 가져야 한다는 것을. 우리가 그들을 잊어도 그들은 잊지 않고 우리를 찾아온다. 끝내 외면한다면 아마도 어떤 진실에는 접근하지 못한 채 소외된 삶을 살아야 할 것이다.

잠 덕후의 운명을 받아들이다

선택할 수 있다면, 하루에 두 시간만 활동하고 나머지 스물두 시간은 꿈속에서 보내겠다.

─살바도르 달리

틈만 나면 신생아처럼 곯아떨어진다. 그러다 남들 보는 눈이 없을 때, 예컨대 깊은 밤에 은밀하게 창작에 몰두한다…. 그런 일은 잘 일어나지 않았다. 반전 같은 건 없었고, 드러나는 모습이 다였다. 명실상부, 표리여일한 삶, 단순하고 담백한 일상이었다.

나는 낮에도 자고, 밤에는 죄책감 없이 더 본격적으로 잤다. '밤낮으로 여드레를 자면 참 잠이 온다'는 속담이 괜히 생긴 게 아니다. 자면 잘수록 더 자고 싶어진다. 애초에 밤낮으로 여드레를 잘 정도면 수면력이 남다르다는 얘기고, 이쯤 되면 잠도 타고난 재능의 영역이 아닌가 싶기도 하다. '수면 관련 호르몬 분비가 왕성한 시기'에 국한되긴 하지만.

수시로 자서 체력을 비축해 수업을 듣고, 집중력을 발휘해 책을 읽었으며, 선배들이 불러낸 술자리를 버텼다. 그때 나이 이십대 초반. 잠에 관한 대단한 철학과 신념 따위 있을 리 없었다. 그저 본능이 이끄는 대로 쓰러져 잤을 뿐. 잘 때는 우주의 스위치가 찰칵 꺼졌고, 자의식은 무의식의 바닥으로 평화롭게 가라앉았다. 마음껏 침묵에 잠수해 일시적인 평온을 탐닉했다.

어찌어찌해서 대학을 졸업하고 사회생활을 하면서도 잠보의 삶은 이어졌다. 몰입해서 일하고 신나게 놀다가도 어느 순간 전원이 차단된 듯 잠으로 침잠했다.

"자고 있었어?"

영상통화가 아직 세상에 나오기 전, 친구들은 목소리만으로도 귀신같이 내 상태를 알아맞히곤 했다. 전화가 오면 불에 덴 듯 놀라 '흠흠, 큼큼' 목소리를 신속히 가다듬고 받아도 속지 않았다. "응, 잤어" 이 한마디를 못 하고, 아주 짧은 순간의 갈등을 거쳐 감출 때가 더러 있었다.

세상의 시선을 의식한다는 점에서 마치 알코올 중독자와 비슷하다고 할까. 집 안 곳곳에 술을 숨겨두고 몰래 한 모금씩 마시며 시치미를 떼는 것처럼, 나도 '때 아닌 때 자는 나'를 숨겼다. 태평하고 한심한 청춘을 들킬까 봐 두려웠다. 설사 아무도 그런 시선으로 보지 않는다고 해도, 나는 느꼈다. 냉정하고 가차 없이 꿰뚫는 스스로의 눈길을.

대학을 졸업하고 프리랜서로 일하던 시절의

일이다. 낮밤이 바뀐 생활을 청산하고 아침형 인간으로 거듭나던 즈음이었다고 기억한다. 오전 11시쯤이었나? 갑자기 머리가 멍해지면서 강력한 잠의 기운이 퍼지기 시작했다. 곧이어 지반 약한 산기슭의 토사가 쏟아져 내리듯 졸음이 밀려왔다.

30분만 자자. 그 이상 자면 밤잠에 방해되니까 안 돼.

계획과 결심은 가뿐하고 경쾌했다. 얼마 후 딸깍 스위치가 꺼지고 잠의 바다에 깊이 가라앉기 시작했다. 얼마나 지났을까. 도저히 시간 가늠이 되지 않아 비틀비틀 일어나 방의 커튼을 열고 바깥을 내다봤다. 아직 환한 낮이었다. 창밖에 보이는 감나무의 연둣빛 잎에 보드라운 봄 햇살이 고여 찰랑댔다. 시계를 봤더니 일어나려고 마음먹었던 시간 근처였다. 몸은 날아갈 듯 가볍고 머리도 맑았다. 계획대로 됐구나. 뿌듯하고 만족스러웠다.

바로 그때 집 안의 고요를 찢으며 전화벨이 울리기 시작했다. 와, 타이밍 봐라. 하마터면 자다가 받아서 또 '목소리가 왜 가라앉았냐?' '자는 걸 깨운 거냐?' 같은 질문을 받을 뻔했네. 온전한 잠을 방해받지 않고 지켜냈다는 만족감과 계속 제정신이었던 것처럼 연기하지 않아도 된다는 안도감이 교차했다. 전화를 걸어온 이는 다음 날 친구 결혼식에 같이 가기로 한 친구 S였다.

"어디야? 너만 빼고 다 왔단 말야!"

웬일인지 목소리에 날이 서 있었다.

"뭔 소리야? 결혼식은 내일이잖아."

"뭐라고? 오늘이잖아. 오늘, 토요일!"

"오늘 금요일 아냐?"

친구 K의 결혼식 예식장이 시 외곽 쪽에 있어서 친구 몇 명과 차 한 대로 움직이기로 약속했는데, 그게 오늘이라고?

"그러니까 너 지금 내일인 줄 착각하고 집에 있는 거야? 오고 있는 게 아니라? 미치겠다. 지금 출발해도 빠듯한데!"

평소 차분하고 다정하던 친구가 짜증 섞인 목소리로 추궁하니 등골이 서늘했다. 친구들이 숨죽여 그 통화를 듣고 있으리란 짐작에 정신이 번쩍 들었다.

그제야 내가 24시간을 넘게 자버렸다는 사실을 알아차렸다. 세상에! 하루가 지나 어제 잠든 그 시간쯤에 일어난 거였다. 화장실 한 번 안 가고, 뭘 먹지도 않고 내처 자버렸다는 사실에 1차로 경악했다. 번개처럼 격렬하게 일어난 2차 충격은 K의 결혼식에 못 간다는 거였다. 꼭 가서 축하해주고 싶었는데. 친구가 픽업하기로 한 장소까지 가기엔 이미 불가능한 일. 그때부터 준비해서 대중교통으로 외진 곳의 결혼식장까지 열심히 가본들 도착하면 모든 것이 끝나 있을 것이다.

"정말 미안. 날짜를 착각했네. 난 이미 글렀어. 얼른 출발해."

어이없어하는 친구에게 차마 잠 때문이라고 솔직하게 털어놓지 못했다. 그것도 24시간 넘게 잤다고는 더더욱. 하다 하다 이젠 잠 때문에 우정과 신의에 금이 가는 지경까지 왔구나. 기가 막혔다. 어디 잡혀가서 잠 안 재우는 고문을 당한 것도 아니다. 격한 운동이나 노동을 한 것도 아니고. 그런데 24시간 넘게 꼬박 잤다. 자면서 흘리는 침처럼 이렇게 인생을 방치해도 될 일인가. 구제 불능의 한심한 청춘. 자신을 방치하면서 되는 대로 사는 인생. 사람이 너무 어이가 없으면 내부를 향해 마구 총질을 하며 비현실적인 타격을 이기려 애쓰는 법이다. 그때의 내가 그랬다.

당시엔 수면에 관한 인식이나 데이터가 지금보다 취약했고 대중의 관심도 지금 같지 않았다. 나의 수면관도 공동체의 평균치와 비슷했다. 누군들 눕고 싶지 않고, 마음껏 자고 싶지 않을까. 마땅히 해야 할 일이 있으니 참고 절제하는 거지. 수면을 억압하는 사회 분위기와 내면의 도덕률에 치이는 한, 사지 멀쩡한 젊은 애가 '때 아닌 때 자는 잠'은 숨기고픈 약점이었다. 어쩌면 숨은 아픔 같은 것이 잠으로 도피를 촉진했는지도 모른다.

그 시절 간절히 바랐던 것은 내가 세상을 어떻게 보고, 삶을 어떻게 이해하고 있는지, 언어로 정확하게 표현하는 거였다. 내 촉수에 걸리는 숱한 감각과 인식에 질서와 의미를 부여할 수 있다면! 그 염원이 내 능력과 재능을 벗어난 신기루 같은 것임을 자각할 때면 누군가 클로로포름에 적신 천을 얼굴에 덮은 것처럼 졸렸다.

지적 허기를 채우기 위해 장자, 보르헤스와 미셸 푸코를 읽다가 너무 흥미를 느낀 나머지 졸았고, 흔글 창의 깜박이는 커서를 바라보다 잤다. 커서의 깜박임이 어느 순간 심장박동과 박자가 맞춰지면 아늑하고 편안하게 눈이 감겼다. 원래 커서(cursor)는 라틴어로 '달리는 것, 달리는 사람'이란 뜻이다. 원래 뜻과 다르게 커서를 시각적 자장가로 활용한 사람이 바로 나였다.

사실 뭔가를 열망하고, 실망감을 이겨내며 산

다는 것 자체가 어마어마한 에너지를 필요로 한다. 그걸 인지했다면 아무 때나 쏟아지던 잠에 조금은 더 너그러웠을까. 자신을 긍정하고, 스스로 애씀을 알아주고, 셀프 격려할 수 있는 청춘이 세상에 몇이나 될까. 그걸 자기 합리화와 구별할 수 있는 지혜를 갖추기란 더욱 어려운 일이다.

나는 칠칠치 못한 삶을 누구와도 나눌 수 없어 고독하게 잠들었고, 일어나서는 더 외로워했다. 프랑스 소설가 엠마뉘엘 카레르의 『적』을 보면 이런 심리를 고급지게 표현한 부분이 나온다.

나는 자신의 모든 나날들을 증인 없이 보낸다는 것이 어떤 것인지 알고 있다. 자리에 누워 천장을 바라보며 보내는 시간들과, 더는 존재하지 못할지도 모른다는 그 두려움을.*

만 스물아홉이 되던 해 나는 결단을 내렸다. 증인 없이 천장만 바라보기에 지쳤다. 잠의 무대라도 인터내셔널하게 넓혀보자. 직장을 정리하고 나 홀로 인도 장기 여행에 나섰다.

* 엠마뉘엘 카레르, 『적』, 윤정임 옮김, 열린책들, 2005.

티베트 망명정부가 있는 인도 북부 산간 마을인 다람살라는 전 세계에서 사람들이 모여드는 곳이다. 여행자뿐만 아니라 수행자들도 다양한 국가에서 찾아왔는데, 한국인 스님도 계셨다. 그중 A 비구니 스님은 티베트어가 유창했고, 티베트인 스승 곁에서 살기 위해 산속에 수행처 겸 숙소까지 지을 정도로 열정적인 분이었다.

어찌어찌 인연이 닿아 스님 처소에서 약 열흘 동안 꿈같은 나날을 보내게 됐다. 장기 여행자 처지에 김치와 고추장아찌, 미역국, 된장국 같은 찬과 국을 끼니마다 먹을 수 있다는 건 눈물 나게 황홀한 일이었다. 귀한 음식과 잠자리를 얻는 대신 스님이 펴내려는 책의 원고를 봐주기로 했다. 숙식을 제공받는 입주 편집자가 된 거다.

내가 일하는 동안, 스님은 출입을 통제하는 아래층 외딴 방에서 수행하곤 했다. 방을 공개하지 않는 이유는 나중에야 알았다. 당시 티베트에서 망명 온 스승에게서 비밀스러운 수행의 단계를 전수받고 있어서였다. 밀교 수행의 어느 단계에서는 수행처와 수행법을 공개하지 않는다.

모니터 속 초고에는 당시 한국인들에게는 낯선 티베트 보살들의 얘기가 가득했다. 어렵고 긴 문장이 많아서 품이 제법 들었다. 원고를 손보다 지치면 내 몫으로 배정받은 방에 들어가 누웠다. 밖에는 모든 것을 소독하고도 남을 만큼 뜨거운 햇빛이 쏟아지고 있고, 집을 에워싼 숲은 고요했다.

스님이 키우는 고양이가 방구석에서 먼저 잠들면, 주술에 걸리듯 나도 뜨겁고 건조한 잠에 빠져들었다. 꿈속에서 서울과 북인도의 돌집 사이 어딘가를 헤매며 젊음의 한때를 소모했고, 땀에 젖어 깨어나곤 했다. 고통과 욕망은 어딜 가나 따라왔다. 한국에서도 기절하듯 잠들었다가 일어나면 한동안 시공간이 뒤틀려 머릿속이 휑했는데, 인도라고 다를까. 깨어난 뒤 잠깐 괴로워하는 수순도 같았다. 이럴 바엔 왜 떠나왔을까. 어딜 가나 똑같은 삶이라면 앞으로 나아가는 일이 무슨 의미가 있을까. 허망한 마음에 넋을 놓고 앉아서 땀구멍마다 찐득하게 고이는 물기를 의식하곤 했다. 내가 바뀌지 않는한, 어딜 가건 이전의 삶은 고스란히 따라온다. 머리로 대충 이해하고, 안다고 착각했던 진실이었다.

스님이 수행처에서 돌아와 부르면 오후의 티타임이 열렸다. 끓는 물에 홍차와 생강, 설탕을 넣고 우리다가 우유를 넣는다. 모든 재료가 어우러지게 한소끔 끓인 뒤 넘치려는 순간, 불을 끄면 밀크

티가 완성됐다. 하루는 밀크티를 마시면서 스님이 지나가는 말투로 한마디 툭 던졌다.

"난 잠자리에 들 때가 젤 행복하더라."

갑작스러운 길티 플레저(guilty pleasure) 고백 이었다. 속으로 은근히 놀랐다. 스님은 수행자가 아 닌가. 불교의 초기 경전인 『숫타니파타』에는 잠에 대해 엄하게 기준을 제시하는 부분이 나온다.

마음의 평안을 얻고자 하는 사람은, 잠과 권태와 우울을 이겨내야 한다. 게을러서는 안 된다. 교만 해서도 안 된다.

아무 때나 잠자는 버릇이 있고, 사람들과 잘 어 울리는 버릇이 있고, 분발하여 정진하지 않고 게으 르며, 걸핏하면 화를 내는 사람이 있다. 이것은 파 멸의 문이다.*

마치 나를 위한 일인용 맞춤 법문 같다. 세상 살이가 재밌을 때는 어떻게든 잠을 이겨먹으려고 애썼다. 잠은 방해물일 뿐. 그러다 내 맘대로 안 될

* 『숫타니파타』, 법정 옮김, 이레, 2006.

때는 권태와 우울의 도피처로 잠을 선택했다. 잠이라기보다 무기력한 기절일 경우도 많았다. '파멸의 문'을 몇 번이나 드나들었는지는 저 높이 계시는 그분만이 아시겠지. 어쨌거나 경전에 잠이 극기해야 할 것으로 콕 집어 언급될 정도이니, 그날 스님의 고백이 더 인간적으로 다가올 수밖에. 처음엔 놀랐으나 다음 순간 확실하게 위로받았다.

아아. 저도 그래요. 잘 때가 가장 좋아요.

나는 밀크티처럼 달콤한 공감을 담아 열심히 고개를 끄덕였다.

뭔가를 애써 기획하려는 조급한 마음에서 벗어나는 시간. 의무도 책임도 체면도 필요 없고, 골치 아픈 현실에 눈감아도 되는 해방의 시간. 스님도 그 시간을 좋아하는구나. 수천 킬로미터 떨어진 곳까지 와서 낯선 언어를 배우고 수행처까지 지어서 정진하는 분이다. 그런 분이 좋은 걸 좋다고 담백하게 인정하는 모습이 신선했다. 사람은 성스러운 것, 초인적인 것을 찾아 헤매면서도, 막상 그려오던 대상에게서 인간적인 부분을 발견하면 안도하고 좋아하는 경향이 있다. 육체와 욕구를 마냥 긍정하거나 부정하지 않으면서도 자신과 잘 지내는 스님이 솔직해 보였고, 이전보다 더 가깝게 느껴졌다.

어린 나이에 출가한 티베트의 동자승들은 틈만 나면 숨어서 잔다고 한다. 그렇게 토막 잠이라도 보충하지 않으면, 성장에 필요한 에너지를 얻을 수 없을뿐더러 건강을 유지하기도 힘들 것이다. 잘 먹고 푹 자는 것. 그 본능과 욕망 앞에 누군들 자유로울까. 스님의 길티 플레저 고백을 들은 뒤부터는 잠이 쏟아져도 훨씬 마음이 편했다.

재밌게도 티베트인 스승이 내게 내려준 이름이 '잠양 하모'다. '잠양'은 원래 티베트어로 지혜라는 뜻이지만, 동시에 '미즈(Ms.) 잠'의 느낌도 있다. '하모'는 여신을 뜻하지만 경상도 사투리로는 '아무렴!'의 뜻이다.

잠양, 아무렴 그렇고말고!

잠이 무슨 죄가 있나. 졸리면 자야지. 애초에 잠이 문제가 아니라 잠자는 대신 뭔가 쓸모 있는 일을 해야 한다는 강박이 괴로웠던 거지. 흙색 밀크티와 함께 그런 단상들을 삼키자 여행의 반은 끝낸 것 같았다. 이것이 나의 수면 역사에서 첫 번째 퀀텀점프였다.

젊은 날엔 잠이 흔해만 보였네

이십대만큼 잠을 극단적으로 다루는 시절이 또 있을까. 열두 시간 이상을 내리 자는가 하면, 하룻밤쯤 지새우는 건 일도 아니다. 이십대 중반을 넘어서면 슬슬 밤샘이 부담되긴 하지만, 아주 못 견딜 정도는 아니다. 열광하는 대상에게 잠을 헌납하는 것으로 얼마나 몰입하고 있는지 증명하던 시절. 반대로 중간에 깨지 않고 열 몇 시간을 꼬박 잘 수 있는 건 호르몬이 보우하사 가능한 일이란 걸 모르던 시절.

그 시절의 나는 가끔 수면 억압의 앞잡이가 됐다. 세계는 장막을 덮어쓰고 모습을 드러내지 않은 설치미술 같아서 내가 잠든 사이에 결정적인 장면이 연출될 것만 같았다. 나만 빼놓고 친구들이 의미와 재미의 모닥불 둘레를 에워싸고 있지 않을까 초조해했다. 인생의 전반전에는 부모가 어린 우리를 재워놓고 그 시간에 뭔가를 도모했다면, 이십대 이후에는 처지가 바뀐다. 다음 날 생계가 걸린 확실한 일과가 있는 부모는 잠자리에 들 수밖에 없다. 그틈을 타서 우리는 졸음 따위 손등으로 슥 닦아내고 밤의 세계를 질주하는 것이다. 그렇게 잠을 밀어내고 밤을 향유하는 세대가 바뀐다.

'모두 잠든 밤에 나 홀로'와 '어른들 재워 놓고 우리끼리'의 정서는 밤과 어둠이 품은 은밀한 반골

분위기에 짜릿함을 더했다. 그래봤자 내 경우, 잠 대신 선택한 일탈이라고는 밤새 술을 마시고 고스톱, 포커를 치거나 심야 영화관을 가는 정도였지만.

심야 영화관을 찾는 밤에는 내가 서울이라는 대도시의 인프라와 문화를 능숙하게 즐기고 있는 것 같아 얼마나 뿌듯했던지. 지방 출신이기에 더 극적인 카타르시스가 따랐다. 스타식스 정동, 스카라 극장, 중앙시네마, 코아아트홀, 씨네코아, 서울아트 시네마… 한 시절을 기대던 추억의 극장들이다. 그 가운데 심야 영화를 보러 자주 갔던 곳은 스타식스 정동이었다. 2000년에 개관해 딱 10년 동안 운영하다 문을 닫은 곳이다. 집에서 그리 멀지 않았고, 광화문이나 인사동, 종로에서 놀다가 이동하기도 좋았다. 당시로서는 드물게 자정 전후로 세 편의 영화를 연속 상영하는 곳이기도 했다.

그 시절에는 이미 잠에 관한 견적이 나와 있었다. 나는 유난히 밤샘에 약했다. 아니, 밤을 새우면 안 되는 체력이었다. 그런데도 치즈 녹이듯이 시간을 늘려서 세상사의 한 장면이라도 더 경험하고 느끼고 싶어 했다. 솔직하게 표현하자면 늦게까지 오래오래 놀고 싶었다는 말이다. 살아 있는 것만으로도 즐겁고 충만했던 어린 시절에서 아직 멀리 떠나온 나이는 아니었기에 가능한 일이었다.

심야 상영의 첫 번째, 두 번째 영화까지는 어떻게든 장면을 따라가며 즐겼다. 하지만 마지막 영화가 고비였다. 중간중간 졸다가 소스라치게 놀라 눈을 치뜨면서 홀로 치열한 전투를 치렀다. 엔딩 크레딧이 올라갈 무렵이면 택시 할증 시간이 끝나고 첫차가 다녔다. 그때쯤이면 그저 쓰러져 자고 싶은 생각뿐이었다. 새벽 공기를 묻히고 돌아와 기절하 듯 자는 삶. 그 정도는 피곤해야 세상과 빈틈없이 밀착해 한 몸으로 살아내는 것 같았다. 잠은 내일도, 모레도 잘 수 있잖아. 하지만 지금 이 순간 밤공기의 상쾌함을 내치는 건 너무 아까워. 그때는 그렇게 생각했다. 잠을 포기할 수 있는 것도 젊음이 지닌 특권이라고.

언제나 그랬듯 잠은 기꺼이 희생할 수 있는 것이었고, 특히 이제 막 사랑에 빠졌다면 말할 것도 없었다. 몸과 마음은 일시적 마약 흡입 상태 비슷해져 수면 부족의 고통 같은 것은 가볍게 감수했다. 심지어 다음 날 잠을 못 잤는데도 몸이 가뿐하고 세상이 환하게 가슴으로 뛰어드는 감동에 벅차기도 했다. 완전한 열림을 경험하는 것은 놀라운 일이었다.

연인과 함께 까무룩 잠들었다가 홀로 깼던 어

느 날을 기억한다. 마치 주파수가 맞지 않은 라디오를 틀어놓은 것처럼 창가에서 규칙적인 잡음이 이어졌다. 일어나서 살펴보니 비가 내리고 있었다. 빗소리는 눈부신 개울처럼 방 안으로 흘러들었다. 사방은 고요했고, 지면에 닿는 빗물의 재잘거림이 다정하게 고막에 닿았다.

옆에는 얼마 전까지 타자였다가 이제 나와 분리가 안 되는 사람이 무방비 상태로 잠들어 있었다. 팔짱을 끼고 모로 누워서 연인의 이목구비를 한참 동안 바라봤다. 누군가는 이럴 때 연인의 속눈썹 개수를 셌다고 하던데, 내 집중력은 그 정도까지는 안 됐다. 가뜩이나 시력도 안 좋은데 속눈썹을 세다가는 눈이 시려서 눈물을 철철 흘리고 말았을 것이다. 한편으론 신기했다. 이 인간은 대체 나를 어떻게 믿고 태평하게 자고 있을까. 『햄릿』에서 햄릿의 숙부가 잠든 선왕에게 했던 것처럼 귀에 독이라도 흘려넣으면 어쩌려고?

우리에겐 자는 동안 맹수나 적에게 공격받지 않을까 두려워하던 유전자가 여전히 남아 있다. 그래서 친해져서 안심하기 전까지는 무방비 상태의 모습을 잘 보이지 않으려 한다. 누군가에게 잠든 모습을 보인다는 건, 개체 보존의 본능을 잊어도 좋을 만큼 상대를 신뢰하고 있다는 증거다.

예를 들면, 쿠바의 피델 카스트로와 혁명단의 전속 사진가였던 알베르토 코르다의 관계가 그랬다. 코르다가 누구냐면, 전 세계적으로 가장 많이 소비된 체 게바라의 사진을 찍은 사진가다. 왜 있잖은가. 책, 티셔츠, 컵, 포스터에서 흔하게 보이는, 베레모 쓰고 군복 입고 시선을 약 35도 정도 위로 향한 체. 바로 그 사진을 찍은 사람이다.

카스트로는 '보안상의 이유'라는 상식과 참모들의 반대를 물리치고 코르다에게 촬영의 자유를 허락했다. 덕분에 혁명가이자 군인인 카스트로의 일상이 고스란히 기록으로 남게 됐다. 그는 카메라를 의식하지 않고 먹고 마시고 시가를 피우며 회의를 주재한다. 심지어 잠든 모습도 찍도록 내버려뒀다. 한 국가의 운명을 바꾼 이가 군복을 입은 채 세상 평온한 얼굴로 잠든 모습을 보였던 건, 믿음과 유대감이 있었기에 가능한 일이었다.

다시 잠든 연인의 얼굴을 직관하고 있는 그날의 방이다. 계절은 여름이고 창밖에는 비가 내리고 있다. 이불도 에어컨도 필요 없을 정도로 공기는 맞춤한 온도로 피부에 붙는다. 그리고 나는 생각한다. 훗날 오늘이 생각나겠구나. 오래 잊히지 않겠구나.

훗날이라니. 그런 세월은 얼마나 낯설고, 어지러울까. 둘이 잠들었다가 혼자 깨어난 그 순간에 변화와 성쇠가 예정된 관계의 정점을 미리 엿본 것 같았다. 그때의 내게는 상실감마저 달게 음미할 만한 힘이 있었다. 설사 그런 상실이 현실로 닥쳐도 상처를 딛고 일어나 나아갈 수 있는 생명력이 충만했다.

세월이 폭우처럼 쏟아져 흘러갔고, 그때의 예감은 현실이 되었다. 그날 옆에 잠들었던 연인은 천천히 지워지는 컴퓨터 그래픽처럼 가장자리부터 형체가 녹아 사라지고 끝내는 빈 화면이 된다. 오래전 그날을 완성된 추억으로 바라보는 지금의 내가 있을 뿐. 가진 것은 없지만, 감당할 수 있을 만큼 외롭고, 하루 이틀쯤 수면 리듬이 흩어져도 몇 시간 자고 나면 금방 회복하던 그때의 나를 가만히 지켜본다.

수면의 황금기가 곧 인생의 황금기임을 모르는 젊은이는 상상도 하지 못한다. 새벽에 세 번, 네 번 깨느라 통잠을 못 자는 시절이 온다는 것을. 그뿐인가. 부모나 조부모가 새벽에 깬 이후에 다시 잠들지 못한다고 호소해도 그게 얼마나 막막하고 몸에 무리가 되는 일인지 구체적인 실감이 없다. 그래서 어른들의 아픔에 진심으로 공감하기 힘든 나이.

젊음이란 그런 것이다. 인생의 이런 면모를 미국의 소설가 코맥 매카시는 이렇게 정리했다.

그는 텅 빈 식당 창가에 서서 광장에 모인 사람들을 바라보다가, 신께서 젊은이들에게 인생을 시작할 때 삶의 진실을 모르게 하신 것은 정말 옳은 판단이었다고 말했다. 그렇지 않았다면 젊은이들은 아예 인생을 시작할 엄두도 못 낼 것이기 때문이었다.*

잠에 얽힌 진실도 마찬가지다. 모르기에 잠을 함부로 여기고 당연하게 여긴다. 그러다 미처 마음의 준비가 되지 않았을 때 일방적으로 이별을 통보받곤 한다. 젊은 날엔 젊음을 모르고 잠이 흔해만 보였네. 뒤늦게 노래를 부르는 동안에도 인생은 다음 단계를 향해 나아간다.

* 코맥 매카시, 『모두 다 예쁜 말들』, 김시현 옮김, 민음사, 2008.

내 인생의 도둑잠

잠을 가리키는 우리말을 살펴보면 그 다양한 명칭과 분류에 감탄이 나온다. 인간이 잠을 자는 한, 그 상태와 정도에 꼭 맞는 언어가 모자라서는 안 된다는 듯 섬세하게 폭주하는 느낌까지 든다. 이게 한국어의 클래스야, 하듯이.

　새벽잠, 아침잠, 늦잠, 낮잠, 초저녁잠, 저녁잠, 밤잠.

　이 정도야 흔하게 일상에서 쓰는 '때를 기준으로 나눈' 단어들이다. 이 정도에서 그치면 한국어를 띄엄띄엄 본 것. 진짜는 지금부터다.

　겉잠, 선잠, 수잠, 풋잠, 속잠, 귀잠, 한잠, 쪽잠, 뜬잠, 토끼잠, 그루잠, 첫잠.
　단잠, 꽃잠, 쇠잠, 꿀잠, 통잠, 곤잠.
　봄잠, 여름잠, 겨울잠.
　개잠, 나비잠, 등걸잠, 말뚝잠, 앉은잠, 칼잠, 돌꼇잠, 새우잠, 시위잠, 갈치잠, 꾸벅잠, 고주박잠, 덕석잠, 멍석잠, 벼룩잠, 괭이잠, 사로잠, 이승잠, 발칫잠, 도둑잠.
　덧잠, 두벌잠, 발편잠, 한뎃잠.

꾀잠, 헛잠.

잠든 정도와 잠자는 모양, 횟수에 따라 표현이
이처럼 다양하다. 한국어를 배워야 하는 외국인에
게 측은지심이 들 정도다. 미안해요. 우리도 이렇게
까지 섬세하고 치밀한 민족인 줄 몰랐어요. 한국인
원어민들이 이 단어들을 실생활에서 다 활용하며
사느냐는 중요하지 않다. 미묘하게 뉘앙스가 다른
잠에 관한 표현을 이만큼이나 장착한 언어라는 것
이 핵심이다.

뜻과 용례를 정확히 알고 나면 그와 어울리는
추억이 소환되는데, 내겐 '도둑잠'이란 단어가 그렇
다. 도둑잠은 '자야 할 시간이 아닌 때에 남의 눈에
띄지 않게 몰래 자는 잠'이란 뜻이다. 나의 도둑잠
은 '자야 할 시간에 몰래 잔다'는 점에서 원래 뜻과
다르긴 하다. 그래도 어쩐지 도둑잠이라는 표현이
그때의 상황에 가장 어울릴 것 같다.

고등학교 때의 일이다. 학교 본관 건물 2층 오
른쪽 복도 끝에 문예부실이 있었다. 세 평쯤 되는
공간을 어엿한 방처럼 꾸민 곳이었다. 출입문을 열
면 안쪽 정면 벽에 국어 선생님이 기증한 철 지난
문예지와 아무도 펼쳐보지 않는 두꺼운 책들이 꽂

힌 책장이 있었다. 오른쪽에는 언제 놓였는지 알 수 없는 3인용 패브릭 소파가, 그 앞에는 직사각형의 앉은뱅이 나무 테이블이 있었다. 우리는 그 테이블을 중심으로 둘러앉아 합평회를 하거나, 수다를 떨고 떡볶이나 라면을 먹었다.

　숨어 있기 좋은 공간을 탐하는 십대들이 그렇듯, 나와 내 또래들은 딱히 일이 없어도 그 방으로 스며들었다. 10분이라는 쉬는 시간을 쪼개 들르기도 하고, 점심을 후딱 먹고는 소파를 차지하기 위해 복도를 전력 질주 하기도 했다. 방과 후에는 아예 주저앉아 최대한 귀가를 늦추며 시간을 죽였다. 미래에 대한 불안을 잠시 유예할 수 있는 유일한 숨구멍이자 사치였다. 짐승처럼 식욕이 왕성한 시기여서 노란 양은 주전자에 라면을 끓여 먹곤 했는데, 실행은 주로 아래 학년의 몫이었다. 학교에서 취사를 허락할 리 없으니 몰래 끓여 먹는 그 맛은 라면 스프만큼이나 강렬하고 자극적이었다.

　나에겐 또 하나의 비밀스러운 놀이가 있었다. 바로 문예부실 소파에서 자는 것. 오래 묵어 때가 타고 쿠션도 꺼진 회색 패브릭 소파에서 책을 읽다가 필수 코스처럼 잠에 빠지곤 했다. 낮잠도 잤고, 더 대담하게는 밤잠도 잤다. 낮잠이야 나 이외에도 많은 선후배, 동기들이 한 번쯤 즐겨봤을 테지만 밤잠은 얘기가 다르다.

중고등학교를 아버지 쪽 친척 집에서 다니면서 종종 가출 아닌 가출을 하곤 했는데, 종착지가 바로 문예부실의 소파였다. 대단한 반항심과 모험심이 있어 가출한 것은 아니다. 그게 좀 아쉽고 서글프긴 하다. 여름방학이 되면, 나를 맡아주던 친척 아주머니가 은근한 기대를 담아 말했다.

"방학도 했는데 언니 집이라도 다녀오지?"

아무리 눈치 없는 아이이고 싶어도 그 말에 담긴 의미를 모른 척하기는 힘들었다. 당시에는 나를 맡아주는 조건으로 아버지가 그 집에 어떤 사례를 하는지 몰랐다. 오롯이 친척의 의리로 돌봐주는 것이려니 했다. 아버지에게 들은 것이 없으니 최소한의 당당함도 갖기 어려웠다. 그러니 아주머니가 자신에게도 방학이 필요하다는 속내를 눈빛과 태도에 가득 담아 표현하면 곤혹스러울 수밖에. 마음 약한 나로서는 못 알아들은 척할 배짱도 명분도 없었다.

떠밀리듯이 주섬주섬 짐을 챙겨 결혼한 언니 집으로 향했다. 당시 언니는 언니대로 어린 조카들을 데리고 치열하게 인생을 살아내느라 정신없던 때였다. 친척 집에서는 정직한 감정의 표출을 억제

하고 살다가 언니 집에 가면 제 나이에 맞는 사춘기 청소년의 모습으로 돌아갔다. 일상에서 사소한 일로 언니와 자주 부딪치고, 소리치고 대들다 얻어맞고, 집을 뛰쳐나오곤 했다. 대개는 동네를 돌아다니며 밖에서 시간을 보내는 것으로 격앙된 감정을 다독였지만, 그러지 못할 때도 있었다. 상태가 아주 안 좋아지면 다시는 안 볼 것처럼 다급하게 짐을 챙겨 뛰쳐나왔다. 화와 증오와 설움이 뒤범벅된 채 걷고 또 걸었다. 하지만 곧 현실 자각 시간이 오게 마련이고, 망연자실의 한가운데서 걸음을 멈춰야 했다.

자, 이제 어디로 간다?

책과 옷가지가 든 백팩을 둘러메고 버스 정류장을 서성이는 십대 여자아이. 참 진부한 풍경이다. 그러나 뭉뚱그려보면 예사롭고 지루한 이야기일지라도 겪는 당사자에겐 너무 압도적인 현실이다. 외로움과 자존심만 가득했을 뿐, 그 무렵의 나는 없는 게 너무 많았다. 미성년자여서 받아주지도 않겠지만 모텔 갈 돈도 없고, 친구 집을 찾아갈 숫기도 없었다. 내 친구들도 미성년자여서 보호를 받는 신세인데, 어떻게 마음 편하게 기댄단 말인가.

상황이 극단에 이르면 알 수 없는 힘이 해결책을 알려주기도 하는데, 그때가 그랬다. 아, 그래 문예부실! 방학이라 비어 있고, 라면도 끓여 먹을 수 있는 곳. 여름이라 이불도 필요 없을 테고, 모기는 모기향에게 맡기자. 그곳을 생각해낸 내가 기특했다. 그리고 구원받은 기분이었다.

학교 아래 가게에서 라면과 모기향을 사서 언덕 위로 등산하듯 올랐다. 태양이 이글대며 사물들에 짧은 그림자만 허락하는 시간, 찐득한 땀이 흥건한 손으로 문예부실 문을 열었다. 예상대로 텅 비어 있었다. 지금도 생각난다. 피부에 감기던 후덥지근한 열기와 종이가 삭아가던 구수한 냄새가. 책을 읽다가 라면을 끓여 이른 저녁을 먹고, 삐걱이는 회색 소파에 몸을 누이던 그날 밤도.

텅 빈 학교는 조용했다. 그 큰 건물에서 홀로 잠들면서 무섭다기보다는 서러워서 눈물을 훌쩍였다. 어른의 세계란 더럽고 치사하다는 생각, 가난이란 상상 이상으로 불편한 것임을 온몸으로 실감하던 밤. 타들어가는 쑥색 모기향의 따가운 냄새에 재채기가 쏟아졌다. 문자 그대로 갈 곳이 없다는 실향 의식을 사탕 녹여 먹듯 음미하다가 잠에 빠져들었다. 그대로 아침까지 푹 잤다. 역시 잠 덕후는 장소를 가리지 않는다. 내 인생의 첫 도둑잠은 그렇게 완성됐다.

그곳에서 하룻밤을 보냈던가? 이틀 밤? 정확히 기억나지 않는다. 그보다 더 선명하게 기억나는 건 예정보다 이르게 친척 집으로 돌아갔을 때 실망의 빛이 뚜렷하던 아주머니의 얼굴이다. 불편한 마음을 한구석에 접어두고 남은 여름 나날을 보냈다. 아무리 눈치가 보여도 문예부실에서 더는 자기 싫었다. 쿠션이 꺼진 소파는 허리가 배겨 불편했고, 집밥이 먹고 싶었다. 게다가 1인용 학교는 너무 크고 조용하고 심심했다. 특히 밤이면 정적이 더 무겁게 느껴지고 무서워서 신경이 곤두섰다.

그때는 몰랐다. 한창 예민한 시기에 환영받지 못하는 존재라는 상처를 입게 됐다는 것을. 훗날 그 결락을 채우기 위해 값비싼 대가를 치러야 한다는 것도. 이를테면 약한 체력을 욱박지르며 자신을 과도하게 혹사하거나. 아니면 낡은 로컬 버스를 타고 천 길 낭떠러지 끝의 오지를 악착같이 찾아가거나. 또는 사람 마음이 얼마나 약하고 불가역적인지 모른 채 방심하다 결국은 잃어버리는 식으로.

잠 억압의 개인사

고등학교 시절, 타이밍 약을 처음 알려준 사람은 누구였을까.

뇌의 변연계 안에 있는 해마(hippocampus)를 뒤져봐도 기억나지 않는다. 암호가 생각나지 않아서 열어볼 수 없는 문서처럼 어떤 일들은 영영 닫힌 채 '잊힌 것들의 별'로 이주해 간다. 타이밍이란 약 이름까지 그 별로 가지 않아서 그나마 다행이다.

아마도 친구들과 나눈 대화에서 정보를 얻지 않았을까. '타이밍을 먹으면 밤을 새울 수 있대!' 시험 기간에 그 말은 솔깃한 유혹으로 다가왔을 것이다. 당시 나는 비평준화 상고를 다녔다. 경쟁이 얼마나 치열했는지 소수점 이하 점수 차로도 순식간에 석차가 저 아래로 밀려나곤 했다. 가난하고 머리 좋은 친구들 사이에서 살아남기 위해선 책상 앞에 조금이라도 더 오래 앉아 있는 수밖에 없었다. 머리가 부족하면 엉덩이의 힘으로! 그때는 내게 '투지'라는 것이 있었다.

타이밍에 손을 뻗게 된 계기도 있었다. 1학년 1학기 첫 중간고사가 끝나고 받은 성적표에 찍힌 숫자, 43등. 충격이었다. 한 사람씩 교단 앞으로 불려 나가 담임에게 성적표를 받았다. 내게 성적표를 건네던 담임의 눈빛에 실망의 기색이 뚜렷했다. 성적표와 내 얼굴을 번갈아 보더니 혀만 끌끌 찼다. 내가 타의로 상고에 진학했다는 사실에 의기소침해 있는 동안, 친구들은 방학 동안 학원에서 이미 선행 학습을 마쳤다. 몇몇 과목의 첫 수업을 마친 뒤 그 사실을 알고 얼마나 놀랐던지. 그런 추세로 가다가는 대기업이나 은행, 증권회사 같은 곳에 입사하긴 힘들 듯했다. 취업을 못 하면 친척 집에서 독립하는 것도 미뤄질 테지.

그래서, 그러므로, 그러니까, 잠은 타도해야 할 잉여의 시간이었다. 타이밍, 그 흰색 알약을 서슴없이 입에 털어 넣은 건, 잉여의 존재가 되기 싫어서였다. 미래를 향한 절박함에 비한다면 그까짓 잠쯤이야. 딱히 안전에 대한 걱정이나 문제의식도 없었다. 나는 스스로를 혹독하게 다룬 개발독재자이자 악덕 CEO였다. 나뿐만 아니라 또래 친구들 대다수가 만성적으로 잠이 부족했고, 학교나 사회에선 그걸 당연하게 여기는 분위기였다.

약을 구입하기도 쉬웠다. 약국에 가서 "타이밍 주세요" 하면 약사가 별말 없이 건네줬다. 그래도 약국에 들어가기까지는 용기가 필요했다. 금지 약물은 아니지만 꺼림직한 기분이 들었고, 혹시나 오지랖 넓고 괄괄한 어른에게 붙잡혀 한 소리 들을까 봐 지레 겁이 났기 때문이다. 하지만 그런 일은 일어나지 않았다. "박카스 주세요" 할 때보단 조금 멈칫, 하는 정도의 차이는 있었지만, 훈계나 추궁은 없었다. 복용 안내를 받은 기억도 없다. 지금 생각하면 아찔한 일이다. 잠이 어느 때보다 중요한 십대 때 그런 약을 먹었으니, 아직 여물지 못한 몸 안에서 생체 시계가 얼마나 혼란을 겪었을까. 무지와 투혼이 세트로 장착해서 가능한 일이었구나 싶다.

몸에 어떻게, 얼마나 안 좋은지 진지하게 일러주는 어른이 주변에 없기도 했고, 내게 관심을 두는 어른이 있었다 해도 아마 몰래 그 약을 삼켰을 것 같다. 세상에 내 자리가 있는지 확신이 없던 열일곱의 나는 그만큼 절실했다.

타이밍보다 더 자주 애용한 잠 퇴치제가 있긴 했다. 동서식품에서 나온 커피믹스. 먹는 방식은 원시적이었다. 믹스 가루를 조금씩 입에 털어 넣고 침으로 녹여 먹기. 왜 뜨거운 물에 타 먹지 않고 가루를 먹었을까. 그걸 컵에 타서 훌훌 불어가며 마실 시간과 공간, 마음의 여유가 없었다. 그래서 찾은 방법이었다.

당시의 커피믹스 맛이 지금도 기억난다. 커피 알갱이는 쌉싸름했고, 프림은 이와 혀에 쩐득하게 달라붙어 우유 맛을 냈으며, 설탕은 달달했다. 그게 한데 섞여 빚어내는 맛은, 시끄럽고 정신없는데 묘하게 끌리는 록밴드 음악처럼 중독성이 있었다. 쓰걱쓰걱, 커피와 설탕이 한데 엉켜 씹히는 소리가 공부방이나 독서실의 정적에 지친 청각을 위로해주는 것도 좋았다. 게다가 미약하지만 씹는 재미까지 있었다. 당 보충과 각성 효과라는 두 마리 토끼를 타이밍보다 더 싼 값에 잡을 수 있는 게 바로 커피믹스였다.

가루를 침에 녹여 삼키고 약간의 시간이 지나면 각성 효과가 서서히 나타났다. 우선 심장이 쿵덕쿵덕 빠른 속도로 뛰기 시작한다. 늘어진 뇌 주름을 확 잡아당기는 것처럼 머릿속이 예민해진다. 가장 도움을 많이 받은 건 집중력. 마치 시력이 좋아진 것처럼 파악해야 할 요점이 한눈에 들어왔고, 읽고 이해하고 문제를 해결하는 속도도 빨라졌다. 카페인이 주는 만능감 혹은 유능해진 것 같은 착각을 어떻게 외면한단 말인가.

카페인이 혈관을 타고 흐르기 시작하면 일단 졸리지 않다는 것만으로도 무엇이든 해낼 준비를 마친 것 같았다. 무엇보다 카페인과 타이밍에게서 내가 빌린 것은 인내심과 의욕이었다.

흐리멍덩하게 흩어진 집중력을 바짝 당겨 순간적으로 기민해진 정신으로 무엇을 얻었을까. 서서히 오르던 석차와 조금씩 진정되던 불안감. 숫자로 드러나는 결과만 보면 그 시절에 잠을 포기한 대신 얻은 것이 아주 없지는 않다. 대신 대자연이 균형을 맞추기 위해 내게서 거둬 간 것, 혹은 잃어버린 무언가가 분명 있을 것이다. 대가를 치를 만한 가치가 있는 것이었는지는 괄호로 묶어놓기로 한다. 지금의 잣대로 과거의 나를 판단하는 건 공정하지 못할 뿐만 아니라 치사한 일이니까. 그때는 다만 그렇게 사는 것이 최선이라 생각했을 뿐이다.

나보다 한 세대 앞서서 산업화와 경제 재건에 내몰리던 이들에게 타이밍은 가슴 시린 약품이다. 1960~1970년대에는 야근과 철야를 시키기 위해 고용주들이 앞장서서 노동자들에게 이 약을 나눠주었다. 구로공단이나 평화시장 피복 노동자들은 타이밍을 먹고 억지로 잠을 쫓으며 납기일을 맞추고 생산 목표를 채워야 했다. 때로는 잠 안 오는 주사도 맞았다고 한다. 그렇게 날이 새도록 억지 각성 상태에서 일하다 보면 몸을 다치기 일쑤였다. 미싱 바늘에 손을 찔리는 건 물론이고, 먼지 많은 작업장에서 장시간 일하다 보니 폐가 망가지기도 했다. 장시간 혹독한 노동에 시달리다 못해 작업대 위에 피를 토하는 여공들도 있었다.

청년 전태일이 자신을 희생하기로 결심한 것도 이처럼 인간 이하의 대접을 받는 작업 환경을 겪고서였다. 특히 자신보다 어린 여공들의 고생을 늘 가슴 아프게 생각했다.

시다 하나가 일을 하지 않고 자꾸만 머뭇거리고 있다가 태일이가 쳐다보니까 그만 와락 울음을 터뜨리면서, "재단사요, 난 이제 아무래도 바보가 되나 봐요. 사흘 밤이나 주사 맞고 일했더니 이젠 눈이 침침해서 아무리 보려고 애써도 보이지 않고 손이 마음대로 펴지지가 않아요" 하더라는 것이다.[*]

눈이 침침하고, 근육을 내 마음대로 움직일 수 없고, 머리가 멍해지는 건 전형적인 수면 부족 현상이다. 시다라고 해봐야 이제 12~15세인 아이들. 그보다 한 단계 위인 미싱사는 십대 후반에서 삼십대 후반까지였고, 이들도 약과 주사를 반강제적으로

[*] 조영래, 『전태일평전』, 아름다운전태일, 2020.

먹고 맞았다. 그렇게 잠을 포기한 채 하루 14~16시간이라는 살인적인 노동을 하다 건강을 해치면? 치료나 보상은커녕 바로 해고당했다. 인권뿐만 아니라 최소한의 수면권도 짓밟히던 시대였다. 타이밍은 그렇게 우리의 경제와 노동사에 빼놓을 수 없는 약품이 됐다.

십대 후반의 나는 과거 세대의 타이밍에 얽힌 사회·경제적인 배경까지 알지는 못했다. 그러나 어른들이 무심코 하는 말에서 막연히 뭔가 잘못됐다는 생각은 했다.

"죽으면 실컷 잘 텐데 왜 아까운 시간을 잠으로 낭비하냐!"

"4당 5락이란 말 알지? 네 시간 자면 합격하고, 다섯 시간 자면 떨어진다!"

지구상에서 가장 빨리 산업화를 이뤄낸 세대다운 수면관이었다. 충분한 수면은 팔자 좋은 소리였다. '늦잠'이나 '낮잠'을 '나오'와 똑같이 여겼다. 될성부른 나무는 일단 잠부터 줄이고 본다는 식의 인재관이 확고했다.

지금이라면 수면에 야박하게 굴던 논리를 차근차근 반박할 수 있다.

"잠을 줄일수록 영원히 잘 시간도 빨리 온다네

요. 그래서 잠을 줄이는 걸 서서히 진행하는 자살이라고 한대요. 그리고 죽은 뒤의 휴식은 잠이 아니에요. 다음 날 다시 온전한 나로 돌아오는 걸 잠이라고 하는 거예요."

"끼니를 제때 챙겨 먹는 것처럼 잠도 성실하게 자야 한대요. 꼬박꼬박 7~8시간씩. 몰아서 잔다고 해도 한번 손상된 뇌세포는 회복되지 않는대요. 인간의 몸이 원시시대부터 그 패턴에 맞춰 살도록 진화해와서 그래요."

"4당 5락이요? 잠이 부족하면 뇌와 심장이 피로해져서 집중력이 떨어져요. 잠을 충분히 자야 기억과 정보가 장기 기억으로 전환된다고요."

당연하게도 십대 시절에는 이렇게 말하지 못했다. 이런 반박 논리는 다 책에서 배운 것들인데, 당시에는 아직 그 책들이 세상에 나오기도 전이었으니까. 그 책의 저자들조차 아직 수면의 중요성에 눈뜨기 전이었을 것이다. 어른들이 주입한 수면 억압에 저항하면서도 어느덧 잠을 천대하는 문화에 익숙해진 건 시대의 영향도 있었다.

지금도 타이밍이 있을까? 찾아보니 어라? 판매되고 있다. 1993년에 생산이 중단됐다가 제약업계의 레트로 유행을 타고 2019년에 재출시됐다. 주요 소비자는 고속버스·화물차 종사자, 생산 현장 노동자, 야근하는 직장인들이라고 한다. 타이밍 한 알에 든 카페인 양은 약 50밀리그램. 300밀리리터 용량의 머그컵으로 아메리카노 한 잔을 마시면 약 150밀리그램 정도의 카페인을 섭취하게 된다. 요즘 기준으로는 타이밍 한 알의 카페인 양이 과하지 않은 셈이다.

잠을 깰 목적이라면 커피를 마시면 되지 왜 타이밍을 먹을까 싶었다. 타이밍엔 그 나름의 장점이 있었다. 카페인 양도 커피보다 적을뿐더러 커피보다 이뇨 작용과 탈수 현상이 덜하다. 야간 운전자나 화장실 가는 시간이 제한된 노동자에게 커피는 부담스러운 음료이다. 타이밍의 수요가 꾸준한 데는 이유가 있었다.

예전에는 50밀리그램의 카페인으로도 밤을 새웠는데, 이젠 그 세 배를 섭취해도 각성 효과가 그만큼 느껴지지 않는 건 왜일까. 내성이 생겨서일까. 갈수록 잠과 싸우는 방식도 독해지는 것 같다. 인조인간이 아닌 이상 한계가 있을 텐데 과연 어디까지 가야 이 싸움을 멈출 수 있을까.

잠을 쫓기 위해 카페인과 각성제를 찾는 역사는 지금도 세대에서 세대로 이어지고 있다. 요즘 시

중에는 고용량 카페인 음료를 비롯해, 에너지 드링크류 등이 연령 제한 없이 판매되고 있다. 특히 커피우유는 초등학생도 구입할 수 있는데 시판 음료 중 가장 많은 카페인이 들어 있어서 논란이 된 적도 있다. 시험 기간에 고용량 카페인 음료를 박카스와 혼합해 마시는 경우도 많다고 들었다.

어찌 보면 내가 보낸 청소년 시기보다 더 간단하고 독하게 잠을 억압하기 쉬워졌다. 어른들이 수면관을 바꾸고 성공과 행복의 조건을 혁신적으로 성찰하지 않는 한, 다음 세대도 만성 수면 부족 사회에서 무리하며 분투해야 할 것이다.

세상 짠한 잠

그 독서실은 부산 양정동의 가파른 언덕 중간쯤에 있었다. 경사진 길을 허벅지가 뻐근하게 오르고 올라 3층 건물의 입구에 이르면 심장과 폐가 거세게 요동쳤다. 간신히 정신을 수습해 2층에 닿으면 나타나던 독서실 유리문. 그 문을 밀고 들어서서 오른쪽 방문을 열면 24시간 출입이 가능한 여학생 방이었다. 책상이 2열로 늘어서 있고, 각 열마다 세 명이 나란히 앉을 수 있도록 책상에 칸막이가 설치돼 있었다. 그곳이 바로 내가 인생 최초로 '고단한 잠'에 대해 실증적으로 배우고 익힌 장소다.

당시 내 나이 만 스무 살. 직장을 그만두고 입시 학원 종합반에 등록했다. 학원 수업이 끝나면 독서실에서 밤늦게까지 2차전을 치러야 했다. 그러지 않고서는 상고의 교과과정과 다른 입시 과목들을 따라가기 힘들었다. 당시 월세와 생활비, 학원비, 교재비를 지원하는 물주는 나 자신이었고, 자금의 출처는 직장 생활 1년 동안 모은 비상금이었다. 그런 형편이었으나 독서실에 다녀야겠다는 판단이 서자 그 비용을 추가하는 결정에 한순간도 머뭇거리지 않았다. 그때는 지금보다 인생에서 원하는 것과 그 대가를 치르는 것에 훨씬 심플하고 정결한 원칙을 지니고 있었다.

그걸 원해?

그럼 해.

모든 디데이를 목표점에 맞추고 나머지는 아웃포커스로 날렸다. 나이가 들수록 이 능력은 서서히 퇴화하고 대신 그 자리에 복잡한 계산과 욕심이 들어섰지만.

통장 잔고는 훅훅 줄어들었다. 그 결과 나중에 대학에 합격한 뒤 입학금과 한 학기 생활관 비용을 내고 나니 딱 5만 원이 남더라는 전설적인 자금 운용 이야기가 탄생하기에 이른다. 그럼에도 빈털터리가 됐을 경우를 상상해 미리 걱정하고 고통받지는 않았다. 젊음 자체가 마취 역할을 한 데다, 세상이 얼마나 무서운 곳인지 축적된 데이터가 별로 없었기 때문이기도 할 것이다.

그 독서실에서 그녀를 만났다. 정확히 말하자면 '만났다'고 할 수는 없다. 일방적으로 내 편에서 그녀를 지켜봤을 뿐이니까. 책상에 설치된 개인용 형광불빛 아래에서 문제집을 뒤적이고 있으면 그녀가 퇴근해 돌아왔다. 그 무렵을 생각하면 옛날 양산 통도사에 계셨던 구하 스님 이야기가 떠오른다. 스님은 말년에 눈과 귀가 멀게 되자 촉각이 예민해져 피부로 시간과 절기를 맞힌 것으로 유명했다. 예를 들면 뺨으로 안개를 느낀 뒤, 절 어느 곳의 단풍나무가 오늘부터 붉어질 것이라고 예상하는 식이었다. 또 마루의 햇볕을 손바닥으로 받아서 느끼고 몇 시인지 알았다고 한다. 놀라운 것은 그 오차가 10분을 넘어가지 않았다는 것. 언감생심 그 정도 경지는 입에 올리기도 송구하지만, 나는 그녀가 묻혀 오는 바깥바람의 느낌과 희미한 화장품 내음을 통해서 대강 밤 8시에서 8시 30분 사이쯤이구나, 짐작하곤 했다.

그녀는 나보다 두세 살은 많아 보였다. 그래봤자 같은 이십대였다. 그러나 풀메이크업을 하고 직장인 차림에 다소 지친 기색으로 들어서는 걸 보면 영락없이 어른의 풍모였다. 세상 깊숙한 곳에 나가서 전쟁을 치르고 돌아오는 어른.

그녀는 안쪽 벽 바로 옆의 자기 자리에서 조용히 옷을 갈아입었다. 그리고 클렌징 크림을 얼굴 위에 성호를 긋듯 묻히고 형광등 불빛이 반사되도록 반질반질 문질러댔다. 티슈로 얼굴을 닦아낸 뒤에는 목욕탕 바구니를 챙겨서 화장실로 갔다. 씻고 돌아올 때의 그녀 모습이 지금도 생각난다. 뺨이 복숭앗빛으로 변하고 눈빛에는 생기가 돌았다. 지친 모습으로 들어서던 퇴근 직후와는 사뭇 다른 모습이었다. 지금이야말로 진짜 내가 살고 싶은 시간이다! 이 시간을 위해 하루 종일 원하지 않는 일들을 해치웠지! 그녀는 온몸으로 의욕을 전시하며 서랍에서 『성문종합영어』, 『수학의 정석』 같은 교재를 꺼냈다. 그리고 색색의 볼펜과 형광펜을 현란하게 사용하며 공부를 시작했다.

하지만 나는 백 퍼센트의 확률로 알았다. 곧 격렬한 헤드뱅잉이 시작될 것이다. 머리로 책상에 절구질을 하며 쿵쿵 소리를 내겠지. 그러다 마침내 벽과 책상 사이의 틈에 눕고 말 것이고. 벽과 책상 사이의 틈. 마른 체격의 여자 한 사람이 간신히 누울 정도의 공간. 옆으로 팔을 뻗을 수도 없고 오직 정자세나 모로 눕는 것만 허락된 공간. 그 틈에 일단 눕고 나면 그녀는 더 이상 공부와 잠 사이에서 갈등하지 않았다. 누웠다는 건 이미 타협이 끝났음을 의미했다. 코까지 골면서 아주 고단하고 맛있는 잠을 본격적으로 자는 일만 남았을 뿐.

그녀의 잠은 우리말로 귀잠, 한잠, 쇠잠, 단잠이라고 부를 만했다. 몹시 고단해 세상모르고 깊이 잠든 상태. 치열한 생존경쟁에 붙들렸다가 잠시 유예의 시간을 얻은 우리가 밤마다 떨어지곤 하는 바로 그 잠. 날마다 재연되는 그녀의 일인극을 보면서 마음이 아릿해졌다.

　　나를 포함해 수험생들은 그녀의 코 고는 소리
를 백색소음 삼아 자리에서 버텼다. 그때쯤이면 밤
이 깊어서 대개는 집으로 돌아갔기에 늦게까지 남
은 사람은 몇 안 되기도 했다. 그래도 집중에 방해된
다며 누군가 강력하게 항의하고 갈등을 일으킬 만
한데, 기억에 크게 남아 있지 않은 걸 보면 다들 그
러려니 하고 반쯤은 포기했던 것 같다. 퇴근 후에 입
시 공부를 하려다가 늘 실패하고 마는 그녀와 띄엄
띄엄 앉아서 각자의 어둠과 대치하던 수험생들. 우
리는 그저 자신 몫의 역할에 충실한 배우들 같았다.

　　모의고사일이 다가오면 나도 독서실에서 밤을
새우며 마지막 정리를 했다. 밤의 가장 깊숙한 모퉁
이를 돌다가 정신이 혼미할 즈음이면 이번에는 그
녀가 출근을 준비하는 기척이 들렸다. 그녀는 세수
를 한 뒤 옷을 갈아입고 화장을 공들여 했다. 잠으
로 원기를 되찾은 그녀가 다시 노련한 사회인처럼
차리고 독서실을 나서던 시간. 나는 밤샘으로 얻은
두통과 묵직한 어깨와 허리 통증을 안은 채 그녀를
눈으로 배웅하곤 했다.

　　구글맵으로 찾아보니 그 독서실은 이제 사라
지고 없다. 직장과 진학이라는 두 마리 토끼를 잡아

보겠다고 밤마다 분투하던 한 여성. 당시에는 집안 형편 때문에 진학을 못 하고 일찍 취업에 나선 사회 초년생들 가운데 그런 고민을 하는 이들이 많았다. 나도 그중 한 명이었고. 공부에만 몰두할 수 있는 여건이 안 되어 생존의 그늘로 몰렸던 그 시대의 딸들. 나나 그녀에겐 우리의 가능성을 봐주고 지원해줄 존재가 없었다. 기대할 수 있는 건 스스로밖에 없었기에 1밀리미터라도 태생적 한계를 넓히기 위해선 몸과 영혼을 찧어야 했다.

독서실의 그녀가 좋은 컨디션을 낮의 노동에 양보하고, 밤이 돼서야 피로를 끌어안은 채 자신의 꿈에 다가가려 했던 날들을 생각해본다. 쏟아지는 잠과 체력 사이의 간극을 의지 부족이라며 자신을 질책하며 몰아세우진 않았을까.

그 후 그녀는 어떤 삶을 살았을까. 둘 중 하나를 선택하고 마음까지 정리했을까. 세월이 이 정도 흐른 뒤에는 어느 쪽의 삶이건 다 소중한 수업이자 기회였다고 인정하게 됐을까. 내가 그랬던 것처럼. 그 시절 우리에게 간절했던 것은 죄책감 없는 잠이었다.

이후에 그녀가 어떤 삶을 통과했건, 지금 어느 지점에 이르렀건, 그녀의 밤잠이 달고 깊기를 진심으로 바란다. 이십대에 그랬던 것처럼 맛있게 자는 역량을 부디 잃지 않았기를. 우리가 열정을 바친 대가로 인생에게 보답받기를 원했던 것이 무엇이건 간에, 단잠의 가치를 뛰어넘는 것은 드무니까 말이다.

다 좋은데 당신과 자야 하는 게 문제

마침내 밤이다.

거친 세상에서 치욕과 불편과 고통을 견딘 몸을 합법적으로(?) 눕힐 수 있는 시간. 지금부터는 누워 있어도 게으르다는 자책이나 질책을 받지 않아도 된다. 눈 감고 얼마든지 몽상에 빠질 수 있다. 밤 9시 이후에는 채권추심도 금지되고, 전쟁 중일지라도 어지간하면 휴전 상태에 들어간다. 잠자는 시간을 인정해 많은 것들이 멈춘다. 딱 세 가지만 빼고. 대출 원리금과 세금, 그리고 죽음. 이들은 밤이나 낮이나 새벽이나 쉬지 않고 우리를 기억한다. 하지만 다행히도 내가 기억하지 않을 자유가 있다. 내게도 모든 걸 잊고 쉴 권리가 있다.

하루 내내 섣부른 마음이 튀어 나가지 않도록 단속하고 견딘 끝에 받은 보상. 밤은 지친 인간을 감싸는 검은 붕대이자 효과 빠른 진통제다. 밤이면 새장에 검은 천을 씌워주듯, 우주가 어둠의 장막을 늘어뜨려 인간을 진정시키는 시간. 대다수에게는 부활이 보장된 안전한(?) 죽음의 시간이기도 하다. 그 시간의 달콤함을 살짝 유보해야 할 때가 있다. 예를 들면, 사랑에 빠지거나 여럿이 여행을 갈 경우.

연애 초기에는 내 안의 뾰족한 부분이 사포로

문지른 것처럼 깎여나가 둥글둥글한 인품을 하고
상대를 홀릴 준비를 한다. 수면 습관도 예외는 아니
다. 사랑이 자아내는 강력한 호르몬에 취해 기꺼이
같이 자고 같이 깬다. 살을 맞대 체온을 느끼고, 손
을 깍지 낀 채 서로가 강력하게 결합돼 있는 걸 벅차
게 음미한다. 심장에 귀를 대고 힘찬 박동을 들으며
생각한다. 세상에, 이렇게 좋은데 떨어져 잔다고?
꿈을 공유 못 하는 것도 억울할 판에 따로 잔다고?

　　하지만 관계가 조금씩 편해지면 달라진다.

　　우리 따로 잘까. 내 사랑의 함량이 부족해서가
아냐. 그냥 혼자 자는 게 편해서 그래.

　　지레 찔려서 횡설수설 '독립 수면 성명서'를
낭독한 뒤 문을 살짝 닫고 나오는 식이다.

　　따로 자는 커플이나 부부가 죄책감이나 결핍
감을 가지지 않도록 일찍이 고마운 말씀을 해준 수
면 전문가가 있다. 영국 서리 대학의 닐 스탠리 박
사다.

　　다른 사람과 침대를 함께 쓰는 사람은 혼자 잘
때보다 방해받을 가능성이 50퍼센트 더 높습니다.
잠은 이기적인 일이며, 어느 누구와도 여러분의 잠
을 함께 나눌 수 없습니다.

그러하다. 아멘.

하지만 우리 사회에는 '잠이 이기적인 일'이라는 걸 선뜻 인정하기 어려운 정서가 있었다. 아니, 지금도 있다. '각방을 쓴다'는 표현은 흔히 둘 사이에 갈등과 배척이 있다는 뜻으로 통용된다. 무의식적으로 각방과 애정 전선을 연결해 생각하고 만다. 상대가 어떤 잠버릇을 가졌건, 수면 주기가 어떻건 상관없이 모름지기 사랑하는 사이라면 한 공간에서 자야 하며, 그게 보편적이고 당연한 일이라고 여긴다. 컨디션과 체력에 따라 다른 잠의 양상을 서로 솔직하게 나누지 못한다면, 꼼짝없이 '각방'이란 단어가 풍기는 관계의 정치학에 붙들릴 수밖에 없다.

상대의 다리가 가슴을 눌러 악몽을 꾸고, 무심코 뻗은 팔꿈치에 한 대 맞아도 같이 자는 것이 행복하다면 좋은 일이다. 사랑이 빚어내는 달콤한 일상의 하나로 받아들이고 누리면 된다. 하지만 서로를 옭아매는 또 하나의 이데올로기가 되어서는 곤란하다. 다행히 지금은 달라지고 있는 것 같다. 신혼부부라고 해도 서로 의논해서 각방 수면을 결정했다면 숙면을 위한 합리적인 선택으로 본다. 특히 맞벌이거나 육아 때문이라면 말할 것도 없다.

나에게도 각방 수면은 작은 투쟁이었다. '잠'

만 빼고 모든 것을 나눈 뒤, 마지막 순간에 따로 자겠다고 일어서면 연인은 애원하는 골든 리트리버의 눈망울로 나를 봤다. 거기엔 가벼운 원망이 담겨 있었다. 그럴 때면 5초 정도 고민한다. 잠이 내게 얼마나 중요한지 설득할까 말까. '다 좋은데 당신과 같이 자야 하는 게 문제'라고 솔직하게 털어놓을까 말까. 안타깝게도 네가 선택한 사람이 잠드는 것에 예민한 편이라고 고백할까 말까.

　　매번 용기가 샘솟진 않았다. 둘 사이에 오가던 친밀한 공기를, 잠에 관한 이론과 숱한 임상 실험 얘기로 망가뜨리고 싶진 않으니까. 말이 길어질수록 어쩐지 변명처럼 들릴 수도 있고. 그럴 땐 다른 수가 없다. 같이 누워 애인을 먼저 재울 수밖에. 마치 아이를 재우고 내 시간을 가지려는 부모처럼. 상대가 코를 심하게 골거나 잠버릇이 고약하다며 자진해서 각방을 권유하면 마음이 한결 가볍다. 인사말로만 '잘 자' 하는 것이 아니라 실질적으로 잘 자게 해주겠다는데 얼마나 다정한 제안인가.

　　발걸음도 가볍게 거실이나 다른 방에 이부자리를 편다. 그때부터 본격적으로 펼쳐지는 자유 수면의 시간. 내 뒤척임에 상대가 깰까 걱정하지 않고 마음껏 생선 굽듯 몸을 뒤집어도 된다. 가스도

뿜뿜, 편하게 배출한다. 자다가 실수로 예전 연인의 이름을 불러 환란을 자초할 기회도 원천 봉쇄할 수 있다. 새벽에 이불을 몽땅 끌어당겨 둘둘 말아 끼고 잤다고 인성을 의심받지 않아도 된다. 혼자 자면 좋은 점이 이렇게나 많다.

여럿이 여행을 가면 또 한 번 '다 좋은데 당신과 자야 하는 게 문제'인 상황이 연출된다. 트윈룸을 얻어 침대를 따로 쓰더라도, 누군가 옆 침대에 있다는 사실을 뇌는 잊지 않는다. 아주 곤죽이 돼서 눕자마자 잠들면 행운인 날이다. 대개는 잠자리에서도 꽤 오래 낯을 가리며 수면의 내향성을 발산한다. 단체 취침을 해야 할 경우엔 처방을 받아 구입한 수면제를 챙겨 가기도 한다. 처방전 없이 살 수 있는 수면유도제는 내 경우 효과가 거의 없었다. 동행이 먼저 씻는 동안 약을 먹고 천천히 기다린다. 약효가 돌아 팽팽하던 신경이 느슨해지기까지는 약 30~40분 걸린다.

내 차례에 씻고 난 뒤 하루를 마감하는 정담을 나누며 한껏 느긋해진다. 수면제는 딱 적당한 시간에 효력을 발휘할 것이다. 이제 곁에 누가 있건 말건 편하게 잠들 수 있다. 밤 내내 뒤척이면서 깊은 잠에 못 들어 다음 날 일정에 체력이 달리는 불상사를 피할 수 있다. 오랜 경험에서 나온 준비다. 수면 부족으로 멍해져서 동행의 말을 한 번에 알아듣지 못하거나, 넋이 나간 듯한 얼굴을 해서 여행의 즐거움을 반감시키지 않으려는 노력이라고 할까.

변명하자고 하는 말이지만, 낯선 수면 환경에서는 뇌의 반쪽이 다른 반쪽보다 좀 더 얕게 잠든다는 것이 수면학계의 정설이다. 깨어 있을 때의 뇌가 이곳은 덜 안전한 환경이라고 기록해두었기에 경계 상태가 되는 것이다. 낯선 곳에서 깊은 잠을 못 자는 데는 다 이유가 있다.

수면제 복용에는 부작용이 따른다. 예를 들면, 각자의 침대에 나란히 누워 멀쩡하게 대화를 나누고도 다음 날 기억을 못 하는 식이다. 서로 개인사와 고민을 털어놓으며 진솔한 시간을 가졌다는데, 그 시간을 깨끗하게 도려낸 듯 아무것도 생각나지 않을 때가 있다.

이튿날 아침, 내가 진심 아무것도 기억하지 못한다는 것을 알아차린 상대가 짓던 어이없다는 표정이 지금도 생각난다. 함께 나눈 공감과 유대의 감정적 경험을 뺏긴 기분이랄까.

수면제는 잠을 재우기보다 시간을 뭉텅 박탈

하는 쪽에 가깝다. 잠을 흉내 낸 블랙아웃 상태라고
하는 편이 맞을 것이다. 전혀 기억할 수 없는 말을
한 그때의 나는 누구였을까. 어떤 원리로 작동한 생
명체였을까. 아직까지 의문으로 남아 있다.

　　수면제까지 먹어가며 타인과 같이 자는 일에
신경을 쓰는 편이지만, 큰마음 먹고 합방 수면을 시
도한 적이 있다. 시골에 있는 선배 집을 찾아가 잘
시간이 됐을 때, 안방에서 혼자 주무시는 선배의 어
머니가 마음이 쓰여 같이 자겠다고 자청한 것이다.

　　선배의 집은 ㄱ자 꼴로 놓인 건물 두 채로 이
뤄져 있다. 안방은 ㄱ자의 첫 획에 해당하는 위쪽
에, 원래 내가 머물기로 한 별채의 방은 두 번째 획
인 오른쪽에 있었다. 별채에서 잔다면 혼자, 실컷,
방해 없이 내가 자고 싶은 만큼 잘 수 있었다. 그럼
에도 도리랄까, 의리랄까 하는 것이 솟아나 내 욕구
를 한 번 접어보았다. 어머니는 뜻밖에도 완곡하게
거절하셨다.

　　"괜찮다. 아랫방에서 편히 자거라."

　　"같이 자도 불편하지 않아요."

　　나를 배려해서 하신 말씀인 줄 알고 하얀 거짓
말을 섞어 안심시키려 했다.

　　"나는 새벽에 깨서 불 켜고 사부작사부작 일하

다가 다시 자기도 하고 그런다. 그냥 아랫방에서 쉬
거라. 보일러 돌리고."

　　어머니가 진지한 표정으로 말씀하셔서 그제야
알아차렸다. 진심으로 혼자 주무시고 싶어 한다는
것을. 왜 나는 각방 수면이 젊은 사람들의 전유물이
고, 연세 드신 분들은 곁에 누가 같이 자(주)면 안심
하고 좋아한다고 생각했을까. 이거야말로 오만과 편
견이고, 고정관념 아닌가. 선배의 어머니는 끼니를
챙기며 사람들 보살피는 일을 지상 최대의 과제처럼
여기신다. 그러니 혼자 누워 〈가요무대〉를 보는 것
이야말로 가장 한갓지고 편안한 시간일 수 있는데.
어머니도 당신만의 밤 루틴이 있을 텐데 말이다.

　　약 100년 전에 버지니아 울프는 글을 쓰고 재
능을 펼치려는 여성에겐 '자기만의 방'이 필요하다
고 했다. 사실은 누구에게나 '자기만의 방'뿐만 아
니라 '자기만의 밤'과 '자기만의 오롯한 잠'도 필요
하다.

　　다시 그 밤을 찬찬히 떠올려보니, 그때는 선배
어머니에게 힘이 있을 때였구나 싶기도 하다. 혼자
만의 오롯한 밤과 잠을 누리고 싶다는 욕구는, 간병
이 필요할 만큼 아프거나 슬픔에 압도당해 있다면
생기기 어려우니까 말이다. 혼자 자는 것이 편한 나

도 아직은 젊고 괜찮은 편이구나. 사람이 고통과 외로움에 휩싸이면 얼마나 약해지는 존재인지 알아버린 나는 그렇게 시절 상황을 체크하고 알아차린다.

꿀잠을 위한 장비병

장비병은 어느 분야에나 있다. 잠 마니아도 그 난치병을 겪는다. 꿀잠을 위한 환경 구축에 필요하다고 판단되면 기꺼이 자원과 시간을 투자한다. 잠이 보약이라는 말은 흔하디흔한 비유지만 해가 갈수록 반박 불가의 진리로 다가왔다. 잠의 질이 곧 삶의 질, 꿀잠을 잘 수만 있다면 뭐가 아까울까. 운동 중독자나 캠핑 마니아가 빠지는 장비병과 다른 점이 있다면 일괄 구매가 아니라 순차 구매라는 정도? 숙면에 도움이 되는지 판단할 수 있는 경험과 견문이 쌓이려면 시간이 필요하니까.

가장 비용을 많이 들인 품목은 '침실' 그 자체다. 처음으로 잠만 자는 용도의 방이 생긴 건 삼십대가 돼서였다. 그 전까지는 방 하나, 부엌 하나 구조의 집에서 청춘을 보냈다. 한 칸의 방이 침실과 거실, 서재를 겸하는 생활이란 뭐랄까, 마치 보조 배터리 없이 외출 나와 휴대폰 배터리가 10퍼센트쯤 남은 상황이 일상인 것과 같다. 어디 콘센트가 없나 틈만 나면 살피게 되듯, 지인들이 사는 동네와 집, 그리고 방을 주의 깊게 보게 된다.

영원히 관짝 같은 방에서 살 것 같은 시절을 지나 드디어 침실이 생겼을 때의 감격을 잊지 못한다. 세상에! 잠만 전문으로 자는 방을 갖다니! 그때부터 세상 어느 곳에 있더라도 끝내 돌아가야 할 곳의 상징으로 침대방이 떠오르곤 했다. 소파나 작업 책상이 알면 서운해하겠지만, 그들이 떠오른 적은 없었다. 돌아가서 익숙한 침대 시트의 감촉을 느끼는 순간을 상상하면 모든 게 견딜 만해졌다.

　　동네 전봇대에 붙어 있던 '잠만 잘 분'이라고 적힌 전단지를 기억한다. 밥을 해 먹을 수도 없고, 살림도 허용되지 않고 오직 잠만 자는 방. 아침에 일찍 나가서 밤늦게 들어와 잠만 자고 나가는 사람을 위한 방. 이름부터 주먹 울음을 부르는 짠함이 있다. 노숙을 제외하면 고시원과 더불어 거대도시가 제공하는 가장 쓰라린 주거 형태 가운데 하나일 것이다. 세월이 흘러 나는 나에게 '잠만 자는 방'을 세놓기로 했다.

　　"실례합니다. 여기 잠만 자는 방 있다고 해서 왔는데요."

　　"네, 있어요. 크기는 작지만 잠'만' 자기엔 그만이죠."

　　"생각보다 정말 작네요. 침대 넣고 나면 거의 차겠어요."

　　"작긴 해요. 하지만 잠'만' 잘 수 있도록 다른

방에 살림을 최대한 때려 넣을 거예요. 이 방의 독립성을 보장해드리기 위해서요. 다른 방은 서재와 옷방, 다용도실까지 복잡한 기능을 겸할 겁니다."

"좋습니다. 다른 살림이 이 방 문턱을 넘어 침범하지 않는다고 약속해준다면 계약할게요."

"약속합니다. 월세는 어떤 방식으로 치를 예정인가요?"

"월세는 양질의 잠을 자고 너님에게 친절하게 대하는 걸로 대신할게요. 잠이 부족해 너님의 약점에 예민해져 불만스러워하지 않고, 빨리 뭔가를 이루라고 채근하거나 게으르고 무능하다고 윽박지르지 않을게요. 너님에게 강 같은 평화가 넘칠 겁니다."

이렇게 해서 현실 세입자인 나는 잠에 환장한 나에게 다시 세를 줬다. 이제 내게도 침실이라는 독립 공간이 생겼다. 살림 총량의 법칙이란 게 있으니 침실에 달랑 침대 하나만 놓는 젠 스타일로 유지하려면, 남은 방은 어쩔 수 없이 좀 더 혼란스러운 양상을 떠는 복합 공간이 될 수밖에 없다. 그래도 좋았다. 침실 문턱을 넘을 때마다 깊은 만족을 느꼈다.

초기에 마련한 잠만 자는 방은 성당에서 운영하는 게스트 룸과 비슷했다. 침대와 그 옆의 보조 탁자에 독서 스탠드만 단출하게 있는 방. 지지고 볶는 살림살이와 자질구레한 일상의 소품을 멀찍이 떨어뜨려놓은 방. 이 세상에서 오직 나와 잠과 침대만 있는 공간이 있다는 사실에 순정한 기쁨과 위안을 느꼈다.

사람이 매일 정해진 장소에서 잘 수 있다는 것도 복 가운데 하나다(여행은 의도적이고 기간이 정해진 일탈이니까 예외다). 익숙하게 보는 벽과 창문의 위치, 천장의 높이, 방의 크기, 창 너머의 풍경… 그런 것들이 얼마나 사람 마음을 안정시켜 주는지 모른다. 시간이 지나면서 익숙함은 애착으로 변해 잠자리에 관한 한 보수가 돼간다. 그래서 수행자들은 한곳에 오래 머물지 않고 거처를 옮겨 다닌다.

인간에게 집이란 뭘까. 또 잠이란 뭘까. 밥은 세 끼 다른 곳에서 먹어도 상관없고, 옷도 필요하면 바로 사 입어도 된다. 하지만 잠은 다르다. 지금 쓰고 있는 매트리스와 이불, 베개는 우리에게 달라붙어 제2의 피부가 되고 만다.

인간의 복지는 거창하고 복잡한 것에 있지 않다. 몸에 익은 공간에서 마음 편하게 잘 수 있는 루틴이야말로 일상의 진국, 찐 행복이다. 사실 우리는 그걸 유지하기 위해, 혹은 좀 더 나은 조건의 루틴으로 업그레이드하려고, 피 땀 눈물을 바치며 일생을 보내는 것인지도 모른다.

침실에서 가장 중요한 장비는 암막이다. 도시의 밤에는 가로등이건, 전자제품 액정 표시 장치에서 나오는 빛이건 늘 어둠을 희석할 밝음이 있게 마련이어서 어둠다운 어둠이 귀하다. 암막이 이 귀한 어둠을 보존해준다. 어둠 속에서 자는 것에 익숙해져 이제는 밝은 곳에선 안대 없이는 자기 힘들 정도이다. 안대도 장비라면 장비겠다. 눈가에 와닿는 감촉이 부드러워서 착용했다는 사실을 잊도록, 인터넷을 뒤져서 순면 제품으로 구입했다.

침대 위 숙면 도우미들은 나에 대해서 가장 잘 알고 있는 친구들이다. 친애하고 경애하는 보디 필로와 수면 베개와 이불님들. 누구에게도 말하지 않고, 드러내지 못한 내밀한 부분을 봐온 목격자들이다. 슬픔과 두려움, 하품과 피로 때문에 얼마나 눈물을 흘렸는지, 몇 번이나 이불을 걷어차며 벌떡 일어나 앉았는지, 그들은 앱과 연동해 기록하지 않아도 낱낱이 알고 있다.

애인도 반려동물도 없을 때 보디 필로에게 정서적, 신체적으로 입은 은혜는 긴급 재난 지원에 버

금간다. 자다가 몸이 배겨 무의식적으로 끌어안을 때 보디 필로는 한 번도 거부한 적이 없다. 때로는 몸에 닿는 게 거슬려서 침대 구석으로 뻥 차버려도 동요조차 없다. 언젠가의 쓸모를 위해 다만 그 자리에 있을 뿐. 사물들의 초지일관, 확고부동, 견인불발(堅忍不拔, 굳게 참고 견디어 마음이 흔들리지 않음)의 정신은 언제나 놀랍다.

내가 사랑하는 순간 가운데 하나는 보디 필로를 안고 책을 읽을 때다. 예를 들어 다음과 같은 구절을 눈에 담을 때, 보디 필로는 내 마음속을 횡단하는 복잡한 감정의 결을 고스란히 지켜보는 목격자가 된다.

어떤 이들은 절망감이 너무 깊어서 가만히 있을 때에도 심지어 잠을 잘 때조차 삶을 소모했다. 나중을 위해 조금도 남겨두지 않는다. 아껴둘 필요를 못 느낀다. 매 시간이 추락이었고, 모든 것을 던져버리려는 시도였다.*

* 제임스 설터, 『가벼운 나날』, 박상미 옮김, 마음산책, 2013.

가벼운 한숨을 내쉬며 책을 내려놓고 천장을 바라본다. 어쩌다 나는 저런 삶을 이해하는 사람이 됐을까. 단어 하나하나가 나를 통과해 나온 것처럼 사무친다. 침대와 책과 보디 필로라는 삼위일체가 없었다면 잠으로 들어가기까지 더 힘든 시간을 보내야 했을 것이다.

요즘은 잠에 관한 장비도 디지털 세계로 진화했다. 내게도 앱과 연동되는 수면 베개가 있다. 겉만 보면 메모리폼 베개다. 다른 점이 있다면 머리 닿는 부분에 스마트폰 앱과 연동되는 회선이 깔려 있다는 것. 얼떨결에 베개 분야의 얼리어답터가 된 사정은 이렇다. 모 스타트업 기업에서 사회 공헌을 위해 기부 행사를 마련했는데, 운 좋게도 내 뒤통수가 당첨된 것. 죽음의 기척을 느낄 정도로 아팠다는 이유로 받은 혜택이자 기회였다.

베개를 받고 며칠은 설렜다. '자, 이제 슬슬 자 볼까' 싶으면 앱을 열어 수면 시작을 누른다. 그러면 베개는 자는 동안 내 뒤통수의 움직임을 감지해 총 수면 시간과 심박수, 호흡수, 얕은 잠과 깊은 잠에 든 시간량, 수면 중 움직임 횟수를 기록해 앱으로 전송한다. 그리고 몇 시에 잠들었는지, 몇 번 뒤

척였는지 등의 데이터에 따라 수면의 질을 100점 만점의 점수로 환산해 알려준다. 날짜가 차곡차곡 쌓이면 일별, 주간별, 월별 데이터를 그래프로 일목요연하게 볼 수 있다. 수면 습관에 관한 모든 것을 체크하는 스마트 베개다.

며칠 써보니 고득점의 요령을 알게 됐다. 밤 9시에서 11시 사이에 잠들면 가산점을 받는다. 반대로 자정이 넘어 새벽으로 갈수록 점수는 가파르게 깎인다. 우리 몸의 면역계를 담당하는 세포들이 밤 10시에서 새벽 2시 사이에 가장 활발하게 생성된다는 이론에 바탕을 둔 체계다. 뒤척임이 적을수록, 호흡이 규칙적이고 심박수가 안정적일수록 점수가 올라간다.

내가 가장 많이 뒤척인 날의 횟수는 84회였다. 숙면을 취하지 못한다는 건 알고 있었는데 막상 수치로 확인하니 놀라웠다. 이 부분은 아무리 노력해도 50회 이하로 낮추지 못했다.

앤디 워홀은 1963년에 〈잠(Sleep)〉이라는 영화를 찍었다고 한다. 시인 존 조르노가 자는 모습을 5시간 20분 동안 기록한 영화다. 이걸 보다 보다 지친 관객들이 항의하며 환불을 요구한 것으로도 유명하다. 만약 내가 자는 모습을 찍었다면 최소한 존

조르노의 잠보다는 덜 지루했을 것 같다. 벽을 향해 누웠다가, 반대쪽으로 돌아누웠다가 보디 필로에 다리를 얹었다가 이불을 덮었다가 찼다가… 앱이 기록한 내 잠의 진면목이란 산만 그 자체였다. 그만큼 속잠을 못 잔다는 얘기다.

열광하며 쓰던 밀월 기간이 지나자 첨단 수면 베개는 보통의 베개가 됐다. 앱을 켜지 않고 순수하게 베개 용도로만 쓴다는 말이다. 이유가 없는 건 아니다. 전자파 차단을 위해 침실에 휴대폰도 두지 않는데 머리 밑에서 수면 습관을 체크하는 회로가 밤새 돌아간다는 게 찜찜했다.

내 수면 패턴이 점수로 표시되는 것에 시원함과 불편함이 동시에 있었다는 점도 이유다. 이율배반은 도처에 있기 마련이다. 나는 자면서까지 평가받고 싶진 않았지만 몇 점으로 계산되는지는 궁금했다. 그리고 그 점수를 잘 받고 싶었다. 무의식중에 뒤척이다가도 '지금 몇 번째 뒤척이는 걸까…' 하며 기록을 의식하느라 오히려 수면의 질이 낮아지는 역설이라니. 자면서는 되도록 긴장을 풀고 최대한 이완해야 하는데, 밤마다 잠으로 쪽지 시험을 치는 기분이라고 할까. 그러니 뇌를 완전히 재우기 위해서 스마트 베개를 '그냥 베개'로 다운그레이드

시킬 수밖에.

빛 한 점 들어오지 않아 멜라토닌이 술술 분비되고, 온도와 습도가 딱 맞는 데다, 침구와 보디 필로, 베개까지 내 뒤통수에 딱 맞는 침실. 그곳은 내게 수면 사원이다. 푹 자고 상쾌하게 일어난 아침에는 살아 있다는 현존감이 너무 강렬하고 감사해 춤이라도 추고 싶다. 이런 순간이 있기에 한계가 분명해도 인생의 최후까지 가보자는 의욕이 솟는 것이다. 침실과 침실을 채우는 장비들은 '잘 자고 일어나 잘 살고 싶다'는 그 단순한 바람을 위해서 존재한다.

히말라야의 리버 피닉스

구스 반 산트 감독의 1991년작 〈아이다호〉는 지금 봐도 무척 세련된 영화다. 특히 도입부와 결말 부분은 한 장면 한 장면이 움직이는 시(詩) 같다. 매력 포인트는 영상과 스토리에 담긴 세기말적인 감성과 절망. 하지만 사심 가득한 팬의 입장에선 연기 천재 리버 피닉스를 보는 게 그저 좋다.

지금까지 이 영화의 첫 5분을 얼마나 많이 돌려 봤는지. 첫 장면은 영어사전의 한 단어에 초점을 맞춰 약 6~7초 보여주는 것으로 시작된다. 바로 기면증에 해당하는 영어 단어 narcolepsy와 뜻풀이다. 그다음 타이틀이 뜨고 화면이 바뀌면, 누렇게 뜬 잡풀 초원을 가로질러 화면 끝까지 뻗은 도로에서 히치하이킹을 하려는 리버가 서 있다. 2박 정도는 해야 차 한 대 지나갈까 말까 한 외진 곳에서.

"길 모양만 봐도 내가 어디 있는지 알 수 있지. 여긴 전에 내가 와본 곳이야. 여기서 죽친 적이 있거든. 이 길과 똑같이 생긴 곳은 어디에도 없어."

멋진 내레이션을 하던 리버는 텅 빈 도로에서 갑자기 수마에 붙들리고 만다. 마치 기면증이 뭐냐면… 하고 예시를 보여주듯이 눈을 천천히 껌벅거리고, 힘 풀린 손을 허공에 내젓는다. 이윽고 검은색 더플백 위에 털썩 쓰러져서 뒤집힌 곤충처럼 발을 떨며 잠에 삼켜지고 만다. 가족의 해체가 가져온 상처, 밑바닥 삶에서의 고군분투, 출구 없는 젊음이라는 요소에 기면증을 결합한 건 꽤나 잘 어울렸고 흥미로운 설정이었다.

기면증은 아니지만 나도 '평소와 다른 밀도'의 졸음과 맞닥뜨린 적이 몇 번 있다. 그중 가장 극적인 경험은 안나푸르나 트레킹 중에 겪었다. 인도나 네팔을 여자 혼자 여행하는 건 지금도 쉽지 않은 일이다. 하물며 20년 전에는 더 말할 것도 없었다. 한국에서 출발하기 전, 그 점을 걱정하는 지인들에게 늘 하던 말이 있었다.

"걱정 마. 거기 가면 다 만나게 돼 있대."

그때의 내게는 강력한 후원자가 둘 있었다.

젊음, 그리고 여행의 신 헤르메스.

그 둘이 결합하면 평소의 허약한 체력과 소심함은 자취를 감추었다. 호언장담한 대로 가는 곳마다 나처럼 혼자 여행 온 용감한 젊은 여성들을 만날 수 있었다. 안나푸르나 트레킹을 가볼까, 하는 생각이 들자마자 여행의 신 헤르메스가 또 손을 써줬다. 네팔 제2의 도시인 포카라에서 나처럼 동행을 찾고 있던 1인 여행자 '참치'를 만난 것이다.

이름 대신 참치라고 부른 건, 그녀가 안나푸르

나 베이스캠프에 도착하면 먹겠다고 참치캔을 배낭에 넣어 다녔기 때문이다. 떨어지는 낙엽 한 장도 버거운 산행에서 참치캔이라니! 한국에서도 틈날 때마다 산을 타러 다니는 다부진 체격이라서 가능한 일이었을 것이다. 하루 산행을 끝내고 숙소에서 저녁을 주문해 먹을 때마다 나는 참치를 먹어 없애자고 제안했다. 그때마다 그녀는 단호하게 고개를 가로젓곤 했다. 마치 참치캔에 홀려 그녀를 따라 안나푸르나까지 가는 고양이가 된 기분이었다.

문제의 그날, 우리는 붉은 랄리구라스가 활짝 핀 숲속을 걷고 또 걸었다. 랄리구라스는 봄에 피는데, 우리가 그 숲을 지날 때가 딱 3월 하순이었다. 눈이 녹아 사태가 일어날 수도 있고, 겨울처럼 멋진 설경을 만나지는 못할 거라는 판단에 등산객들의 발길이 뜸해질 무렵이었다. 막상 현장에 가보니 우려가 맞는 면도 있었고, 그것을 상쇄할 만한 장점도 있었다.

랄리구라스는 멀리서 보면 붉은 꽃이 가지마다 가득 매달린 모습이 동백꽃 비슷하다. 하지만 가까이 다가가서 보면 여러 꽃송이가 하나로 뭉쳐 있어서 동백꽃보다 훨씬 크다. 오르막 숲길의 양 길가에도 랄리구라스, 안나푸르나의 눈이 녹아 흐르는 계곡에도 랄리구라스. 멀리 설경과 겹쳐서 달력 그림의 한 페이지가 저절로 트리밍되는 시야 끝에도 온통 붉은 꽃이 가득했다. 누군가 코끝에 향수 시향지를 계속 내미는 것처럼 온 사방에 진한 꽃향기가 흐르던 그 숲!

그날의 모든 것이 처음 보는 풍경이고, 처음 맡는 냄새이고, 처음 느껴보는 히말라야 흙의 감촉이었다. 원초적인 힘이 넘치는 장소, 다시 경험하기 힘든 시공간을 통과하고 있다는 실감에 가슴이 거세게 뛰었다. 숲에는 우리 둘뿐이었다. 압도적인 고요함에 매혹되면서 얼마나 안온하고 행복하던지! 좋다. 참 좋다. 정신이 아득해질 정도로 좋네.

걸음이 조금씩 느려지기 시작했다.

진홍빛 꽃이 가득 핀 나무들을 계속 지나쳐 가는데 어느 순간 시공간이 흐릿해졌다. 이곳이 히말라야 자락이어서 황홀하고, 꽃을 보며 걷는 길이어서 비현실적인 건 알겠는데… 왜 자꾸 눈이 감기지? 전날 오후 3시쯤 숙소에 체크인해서 아침 출발 전까지 푹 쉬었으니 잠이 부족하진 않았다. 아직 고산증에 시달릴 높이가 아니어서 뒤척이지 않고 금방 곯아떨어졌더랬다. 그런데도 누가 머리 숨구멍에 더운 공기를 계속 밀어 넣듯이 몸이 무겁고 의식이 흐리멍덩해졌다.

"참치야, 졸리지 않냐?"

앞서서 걷던 참치는 기다렸다는 듯 뒤를 돌아보며 말했다.

"너도 그래? 이상하게 몽롱하네. 잠깐 쉬었다 갈까?"

체력이 앞선 사람이 먼저 쉬자고 말해주는 건 언제나 고마운 일. 마침 그 대화를 나눈 장소가 안나푸르나의 신령스러운 봉우리에서 시작된 물이 흐르는 계곡 언저리였다. 물은 맑고 차가웠고, 그늘진 곳에는 녹지 않은 눈과 얼음이 뭉쳐 있었다. 우리는 군데군데 놓인 커다란 바위 중에서 하나씩 선택해 배낭을 내려놓은 뒤 등을 기댔다. 서둘러 모자로 얼굴을 덮어 봄볕을 가리고 눈을 감았다. 그 시점에 누가 계좌 비밀번호나 인생의 비밀 같은 걸 물었다면 술술 불어버렸을 것 같다. 세상만사가 다 귀찮고, 그냥 빨리 눈을 붙이고 싶은 마음뿐이었다.

무리하지 않고 천천히 걸었는데 왜 이럴까… 라는 생각은 나중에 들었다. 당시에는 마치 솜씨 좋은 최면술사가 '레드 선!' 신호라도 준 것처럼 금방 정신을 잃고 잠들었다. '인생 잠'이라는 어워드가 있다면 상위권에 뽑힐 만한 잠이었다. 히말라야 계곡에서 낮잠이라니! 리버 피닉스를 이해하게 됐다고 할까. 시간, 장소 가리지 않고 풀썩 쓰러져 잠드는 게 이런 거라면 정말 불가항력이겠네.

"우리 오늘 정말 이상하다. 그치?"

잠의 폭풍에서 깨고 보니 잠깐 뭐에 홀린 기분이었다. 지구 시간으로는 길어야 30~40분 정도가 지났을 것이다. 하지만 설산과 붉은빛 랄리구라스 아래에서 단잠을 잔 덕분인지 몸이 가뿐했다. 우리는 다시 걷기 시작했다.

우리는 그저 여러 날 계속됐던 산행의 피로가 일시불로 결제를 요구했다고 생각했다. 그날 들어간 숙소에서 베테랑 산악인을 만나기 전까지는.

"랄리구라스꽃이 원래 독성이랄까, 진정 효과랄까. 그런 게 있어요. 향기를 오래 맡으면 마약 한 것처럼 졸립니다. 그거에 취해서 산속에서 길을 잃고 헤매다가 영영 못 돌아온 사람들도 있어요."

"아…!"

참치와 나는 말을 잇지 못했다. 자기도 모르는 사이에 비일상적인 경험을 했다는 느낌이 갈수록 선명해졌다.

이후에도 안나푸르나 트레킹을 다녀온 사람 중에 꽃향기에 취해서 졸았다는 얘기는 들어보지 못했다. 참치와 내가 유난히 랄리구라스 향기에 약한 사람들이었을까.(혹시 같은 경험을 하신 분 있으면 알려주세요. 또는 이날의 돌연한 잠과 관련해 과학적인 이유를 안다면 제보 바랍니다.)

다시 그 구간을 간다면 몸과 마음이 미리 대비하고 기대할 것이다. 그래서 그때처럼 백지상태에서 돌연한 잠을 경험하기란 쉽지 않을지도 모른다. 바위에 등을 기대고 리버 피닉스처럼 잠들던 그 시간은 나만의 히말라야 아카이브에 영원히 봉인되는 단 한 번의 체험일지도 모르겠다.

미치도록 자고 싶었다

심장이 바닥에 떨어져서 질질 끌고 다니는 기분이 드는 날이 있다. 모든 것을 망쳐버렸고 다음 스텝을 어떻게 내디뎌야 할지 모르겠는 날. 화가 나서 누구에게도 도움이 안 되는 결정을 내릴 것 같은 날. 그런 날 가장 좋은 해결책은 일찍 잠자리에 들어 푹 자는 것이다. 고약하게 마음을 긁어대는 부분이 무디어지고, 격분과 비참이 누그러지길 기대하며.

침대에 누워서 질 볼트 테일러라는 뇌 과학자에게 배운 대로 온몸의 세포에게 인사를 건넨다.

"덕분에 오늘 하루 잘 보냈어."

하지만 이내 현실을 파악하게 된다. 어리고 젊었을 때는 어려운 줄 모르고 막 대했던 잠이 이제는 상전이 됐음을. 마음도 힘든데 설상가상, 엎친 데 덮치기로 불면까지 상대해야 하는 밤엔 어쩔 수 없다. 가슴 저 깊은 곳에서 올라오는 미칠 것 같은 괴로움의 발진을 그냥 생으로 견딜 수밖에.

잠과 호흡, 불면… 이런 것들을 의식할수록 관자놀이에서 심장박동이 뚜렷하게 느껴진다. 그리고 미세한 불안이 명치 근처에서 피어오르기 시작한다. 입이 마르고, 몸 마디마디가 욱신거린다. 쉽지 않은 싸움이 될 거라는 예감에 심장이 평소보다 빠르게 뛴다. 잠을 제대로 자지 못하면 가장 먼저 타격을 받는 곳이 심장이다. '두근두근'이 아니라 '둑둑둑' 뛰는 박동을 진정시키려면 자야 한다. 하지만 잠이 오지 않는다. 그게 문제의 전부다.

행여나 이런 밤이 올까 봐 평소 잘 채비에 정성을 들이곤 한다. 잠의 신 히프노스를 부르기 위해 나만의 루틴을 경건하게 실행하는 것이다. 먼저 암막을 꼼꼼하게 친다. 7, 8월 한여름에는 에어컨 온도를 27도에 간접 바람으로 세팅한다. 누군가에겐 더운 온도겠지만, 나는 그 정도여야 냉방병에 걸리지 않는다. 유난히 곤충과 벌레가 선호하는 타입이라 천연 퇴치제를 몸에 뿌리는 것도 잊지 않는다.

춥고 건조한 계절에는 에어워셔와 온수 매트를 잠자리에 들기 30분 전에 켜놓는다. 온수 매트의 온도를 맞추는 일도 중요하다. 더우면 땀을 흘리며 괴롭게 잠에서 깰 것이고, 추우면 몸을 쥐며느리처럼 말아서 자느라 몸이 굳는다. 몸을 보살피고 잠을 초대하는 일은 하나에서 열까지 정성과 꾸준함을 요구한다.

족욕을 하고, 캐모마일차도 마셨고, 명상까지 했다. 수행 공동체에서 지금 여기에 집중하는 연습 가운데 하나인 "잘 때는 잠만 잡니다"라는 명심문을 외우기도 했다. 이렇듯 조신하게 루틴을 실행하고 히프노스를 초대했건만, 역시 까다로운 분이다. 아직 발소리 기척조차 없다. 이젠 어쩔 수 없다. '그 일'을 꼼짝없이 겪을 수밖에. 바로 불면이라는 체험 말이다.

가만 누워서 주위를 살펴보면 어둠의 밀도가 조금씩 옅어져 있다. 암막과 커튼봉 사이의 틈으로 빛이 들어와 어둠의 농도에 변화가 생긴 것이다. 천장의 어둠을 배경으로 먼 여행지에서 봤던 별들을 떠올 때도 있다. 어둠을 오래 들여다보면 시공간이 논리 없이 뒤섞인다. 사막과 고원에서 봤던 맑고 큼지막한 별빛이 슈거 파우더처럼 쏟아진다. 티베트의 카일라스산 순렛길에 봤던 또렷하고 생생하던 은하수도 끌어온다. 내가 그런 곳을 여행했다니. 때로는 기적 같고, 전생의 일처럼 아득하다.

어둠 속에서는 몸이 더 잘 느껴진다. 예를 들면 엄지발톱이 어느 순간 살갗을 살짝 파고들며 자라는 순간의 찌르는 통증 같은 것이 그렇다. 1초 전만 해도 발톱은 살갗과 적정한 거리를 유지하고 있어 의식조차 하지 않았다. 그런데 순식간에 임계점을 넘어서서 살갗을 찌른다. 그 순간을 겪는 일은 언제나 신기하다. 아니면 손이 안 닿는 등짝의 사각지대에서 미세하게 계속되는 간지러움 같은 것. 몸을 수평으로 눕혔을 때야 느껴지는 미세한 변화들. 이럴 때 살아서 이 감각들을 느끼는구나, 실감한다.

새벽 2시가 넘어도 잠의 축복을 받지 못하면 불면은 슬슬 초조와 불안을 불러온다. 가슴이 답답해지고 두려움이 가슴을 휘젓고 짓누른다. 아무리 늦게 자도 자동으로 눈이 떠지는 아침 시간대가 있다. 야행성이었던 내가 그런 리듬을 갖기 위해 얼마나 고생했는지 모른다. 그래서 되도록 무너뜨리고 싶지 않다. 1초, 2초, 10초, 1분, 3분… 시간은 대충이 없다. 초침 하나하나를 성실하게 지나서 흘러간다. 잠 못 드는 시간이 늘어날수록 누릴 예정이었던 수면량은 줄줄 샌다.

지금 자도 늦다. 이런 강박은 좋지 않다며 초연하려 애쓰지만, 잠은 이런 노력에 속지 않는다. 의식을 발끝부터 조금씩 이동해 올라오며 호흡을 관찰하는 이완법도 오늘따라 먹히지 않는다. 호흡이 자꾸 정강이 어디쯤에서 튕겨져 나와 더 위쪽으로 전진하는 데 실패한다. 그러다 갑자기 오랜 질문이 의식의 이불을 걷어차고 나온다.

지금 여기는 내 인생의 어느 지점쯤일까.
대체 왜 이런 모습으로 여기 누워 있을까.

가장 견디기 어려운 건, 오래전 실수의 결과들로 지금의 내가 되었다는 '생각'이다. 부족한 건 잠인데, 여러 결핍이 삶을 지배해왔다고 뇌가 오작동하기 시작한다. 물질, 관계, 일관된 성실함, 안정감, 자기 사랑이 부족해도 너무 부족했다고 '판단'한다. 생각은 네 살 먹은 남자아이처럼 이 일 저 일 들추고, 돌을 던지다가, 갑자기 침을 뱉고 달아나기도 한다.

어둠 속에서 오가는 잡념들은 강한 설득력을 지니고 있다. 마음의 피부가 시멘트에 쓸린 것처럼 아리고 쓰리다. 잠자리에서 회한과 아쉬움과 불만의 파도에 휩쓸리며 뒤척여보지 않은 사람이 있을까. 그런데도 쓸데없이 초롱초롱한 뇌는 이 감정적 경험을 독자적인 깊은 상처로 여긴다.

아, 오늘은 여기까지만. 일단 자고 나서 생각하자.

문득 진저리를 치며 그 소용돌이에서 벗어나 잠이라는 본론으로 돌아온다. 다시 호흡에 집중해보자. 천천히 들이마시고, 더 천천히 내쉬고. 코끝에 느껴지는 미세한 감각과 변화를 관찰하자. 지루해서라도 잠이 오겠지. 하지만 '호흡에 집중하기'보다 '집중해야 한다'는 생각을 더 자주 한다. 그러는 동안 밤은 깊어간다. 지금이라도 잘 수 있다면 아직은 희망이 있는데.

새벽 3시. 이럴 바엔 차라리 불을 켜고 책을 읽거나 넷플릭스를 볼까. 아니면 유튜브라도? 아니, 아니다. 그러고 싶지 않다. 그럴 만한 기운과 의지도 없고, 그러다 애써 조성해온 노곤한 몽롱함까지 깨버리면 상황이 더 악화될 뿐이다.

수면으로 채워야 할 시간을 자세만 그럴싸하게 취한 채 날것으로 통과하는 밤. 불면증에서 벗어나려면 자신이 잠이 간절하게 필요한 인간임을 잊어야 한다. 잠을 의식해서 잠 못 드는 자신과 대치해선 안 된다. 불면의 불안을 곱씹을수록, 잠을 갈구할수록 각성 수준은 높아진다. 알면서도 금기 사항을 정확히 어기고 있다. 맙소사.

새벽 4시. 여전히 희망은 있다. 예전에 프리랜서 생활을 오래 해온 선배가 해준 말이 있다.

"아무리 마감에 몰려도 4시에는 자야 해. 그래야 다음 날 타격을 그나마 최소로 받아. 프리랜서의 취침 데드라인은 4시야. 그 이후는 말하자면 날 샌 거라고 봐야지."

잠을 충분히 자지 못하면 다음 날 컨디션은 형편없이 추락할 것이다. 수없이 겪어봐서 잘 안다.

약에 취한 것처럼 머리는 멍하고 팔다리는 쇠를 매단 듯 무겁겠지. 상쾌하고 빠르게 회전하는 머리로 뭔가를 판단하고 선택하는 일은 못 할 것이다. 몸의 반응속도도 눈에 띄게 느려질 테고, 실수할 확률도 높아질 것이다. 무엇보다 한번 수면 리듬이 흩어지면 다시 바로잡기까지 고생을 해야겠지.

이제 시간은 밤이라고 부르기보단 아침에 가까운 5시로 향해 간다. 카페인, 잠깐의 졸음, 소화가 안 되는 거친 음식, 스트레스를 받았던 순간… 전날 내가 먹고 마셨던 것, 무심코 했던 행위 가운데 잠을 방해할 만한 것이 있었는지 점검해본다. 모든 것이 무난해 보이는가 하면, 모든 것이 마음에 걸린다.

차라리 동네를 한 바퀴 돌고 올 걸 그랬나. 수면 전문가들은 잠이 오지 않을 때는 과감하게 침대를 떠나 다른 일을 하는 편이 낫다고 충고한다. 뇌에게 '침대는 잠자는 곳'이라는 인식을 심어주기 위해서다. 소설가 찰스 디킨스는 이 제안을 잘 따랐다. 그는 불면증에 시달리다 새벽 2시에 결국 밤 산책을 하러 나갔다고 한다. 그러고는 산책 수준을 뛰어넘는 48킬로미터의 시골길을 걸었단다. 또 다른 날에는 런던의 밤거리를 밤새도록 거닐면서 노숙자의 실태를 파악하며 세상 탐구의 기회로 삼았다.

디킨스를 본받아 당장 이불을 떨치고 야간 유람을 나가기엔 제약이 많다. 머리에 미열도 있고 야맹증까진 아니더라도 밤눈도 어둡다. 결정적으로 디킨스라는 반면교사가 있지 않나. 그는 48킬로미터를 걷고도 불면증을 이기지 못했다.

걷는 대신 어디 나가서 시간을 보내고 싶어도 에드워드 호퍼의 그림 〈밤을 지새우는 사람들〉에 나오는 카페가 우리 동네에는 없다. 무엇보다 귀찮고 번잡스럽다. 고난을 겪어도 내 침대에서 겪고 싶습니다! 마치 누가 집 밖으로 쫓아내기라도 하는 것처럼 팔다리에 힘을 주어 침대에 몸을 밀착시킨다.

샬럿 브론테, 마크 트웨인, 버지니아 울프, 찰스 디킨스, 빈센트 반 고흐, 윈스턴 처칠, 마거릿 대처… 불면증에 시달렸던 유명인들 명단을 떠올릴 즈음, 잠깐 기억이 끊어진다. 가만! 방금 나 졸았던 거야? 깜짝 놀라 실눈을 뜨며 상황을 파악하자마자 안도의 마음이 차오른다.

아, 잘 수 있겠다. 이 순간, 이보다 더 확실한 행복은 없다. 징글징글하게 기나긴 밤이었다.

마지막으로 밤을 새운 적이 언제더라

나는 고생에 일가견이 있다. 재능도 있는 편이다. 이런 사람들이 가장 손쉽게 자학의 도구로 선택하는 것 가운데 하나가 '수면 포기'다. 예를 들면 새벽에 출발하는 저가 항공을 이용하려고 공항 노숙을 한다거나. 체력이 버틸 수 있을지 걱정은 하지만 마음이 기울면 오래 고민하지 않는다. 하룻밤만 고생하지 뭐. 심플하게 결정한다.

몇 년 전, 유럽 여행 중에 로마 참피노 공항에서 새벽 6시 30분에 출발하는 파리행 라이언에어를 타게 됐다. 로마 외곽에 있는 작은 공항까지 이동해야 하는 데다 출발 시간도 불편 그 자체다. 티켓값이 저렴한 데는 다 이유가 있는 법. 교통편만 있다면 로마 시내에서 새벽 4시쯤 공항으로 출발하면 딱 좋을 텐데. 하지만 서울이라고 해도 그 시간대라면 대중교통은 기대하기 힘들다. 방법이 없지는 않다. 택시를 타서 길바닥에 유로화를 뿌리면 숙소에서 몇 시간 눈을 붙인 뒤 편하게 이동할 수 있다. 하지만 그러면 애초에 저가 항공을 선택할 이유가 없다.

꼭 경비 문제가 아니더라도 '새벽, 여자 혼자, 택시'는 옵션에 넣기 힘들었다. 여행지에서 무의식 중에 일어나는 마음의 경고는 존중하는 편이 좋다. 첫째도 둘째도 안전한 여행이 중요하니까. 여행자 카페에 온갖 무용담이 넘쳐나는 로마를 깊이 믿기 힘들었다. 게다가 고생에 적응하는 재능을 썩히기도 아까웠다. 어떻게 연마한 기술인데. 그래, 몸에는 미안하지만 늘 그랬듯이 하룻밤만 잠을 제물로 바치자.

당시만 해도 내게는 잠이 건강, 특히 면역계에 미치는 영향에 대해 피상적인 상식만 있었다. 꼬박꼬박 정해진 시간에 끼니를 먹어야 위와 장이 제 기능을 유지하는 것처럼, 잠도 내 편한 대로 들쭉날쭉 채워서는 안 되는 것임을 그때는 절실하게 인지하지 못했다. 잠을 한번 놓치면 다음 날 넉넉하게 자서 보충을 하더라도 밤샘 당시 받았던 타격을 영영 회복하지 못한다는 것을 몰랐다.

비행기를 타기 전날 밤 9시에 출발하는 공항버스를 예약해뒀다. 출발 장소인 로마 시내 테르미니 기차역 상가에서 간식으로 빵과 물을 산 뒤 버스에 오르자, 앞으로 펼쳐질 실내 모험에 가벼운 흥분과 긴장이 밀려왔다. 도착하면 의자 한 칸을 차지하고 그 자리를 숙소 겸 휴식처로 사용해야 할 것이다.

10월 초순의 새벽바람은 싸늘했다. 다행히 공항에 하나밖에 없는 카페가 늦게까지 영업을 했다. 추위도 녹이고 뇌를 카페인에 담글 겸 커피를 주문

했다. 웬만한 도시의 버스터미널보다 작은 유럽의 공항에서 갖는 심야 티타임. 열광하고 감탄하던 이탈리아 커피를 마지막으로 맛볼 기회였다. 구석 테이블을 차지하고 앉아 천천히 마셨다. 한 모금 한 모금에 따라붙는 서운함과 황홀함. 쌉싸름하면서도 고소한 여운의 커피 맛과 향이 혀와 코를 위로해주는 동안, 눈을 위해서도 준비해온 선물을 꺼냈다.

헤밍웨이의 『파리는 날마다 축제』. 파리행 비행기를 기다리며 이 책을 읽다니! 완벽한 타이밍이다. 장소와 책이 완벽하게 호응할 때면 온몸의 세포에서 쾌감이 몽글몽글 밀려나온다.

새벽이 깊어갈수록 추위와 피로가 몰려왔다. 뇌에 쌓인 피로물질인 아데노신을 분해하려면 자야 하는데, 그러지 못하니 뒷머리가 묵직했다. 무겁게 내리누르는 눈꺼풀에 힘을 주고 한 순간 한 순간을 버텨나갔다. 사람이 잠을 자지 않고 버틸 수 있는 한계는 평균 6일이라고 한다. 그 이상을 넘어서면 뇌에 회복할 수 없는 손상이 생긴다. 뇌뿐만 아니라 장기와 피부에도.

지금은 '잠 안 자고 깨어 있기' 경쟁이 얼마나 위험한지 널리 알려진 덕분에 기네스북에서도 더 이상 잠 관련한 도전은 받아주지 않는다. 기네스북에 마지막으로 기록된 잠 안 자고 버틴 최장 시간은 264시간 1분이다. 날짜로 환산하면 11일 1분, 미국의 고등학생인 랜디 가드너가 세운 기록이다. 그가 하루하루 겪은 증상은 수면 부족의 위험을 알리는 예로 자주 동원된다. 잠을 안 잔 지 3일째 되는 날에 거리의 입간판을 행인으로 착각했고, 4일째 되는 날에는 자신이 풋볼 선수라고 착각했으며, 6일째에는 근육 제어가 안 됐고, 100에서 거꾸로 7씩 빼나가는 문제를 풀다가 자신이 무엇을 하고 있는지 잊었다고 한다. 단기 기억상실에 빠진 것이다.

옛 소련의 고문 기술자들이 잠 안 재우는 고문을 만든 데는 다 이유가 있었다. 기절할 기회조차 주지 않는다는 점에서 수면 박탈만큼 잔인하고 끔찍한 형벌도 드물다.

겨우 하룻밤이어도 불면의 대가는 반드시 치러야 한다. 뒷머리에서 목으로 이어져 어깨, 팔, 허리, 고관절까지 철근을 달아둔 것처럼 무겁다. 산소가 부족한 것처럼 심장이 뻐근하고 맥박도 빨라진다. 밤샘 노동이나 연구 또는 시험공부가 아니라 고작 여행 중의 일시적인 일탈일 뿐인데도 이렇다. 몸과 정신이 갑작스러운 수면 리듬 파괴에 당황하고 균열을 일으킨다.

그 순간 헤밍웨이의 책이 없었다면 더 고통스러웠을 것이다. 책장을 넘기면서 마치 영화 〈미드나잇 인 파리〉처럼 1920년대의 파리 거리와 카페로 점프해 들어갔다. 읽다가 여운을 음미하고 싶을 때는 중간중간 포스트잇에 간단한 메모를 써서 붙여뒀다.

사람들은 커다란 여행 캐리어를 끌고 들어와 공항에서 밤을 새울 준비를 하고 있다. 오늘이 최고로 피곤한 날 같아도 늘 그 기분을 갱신하는 날이 다가온다. 한정된 시간, 한정된 자원으로 여행해야 하는 처지여서 더 무리를 하는 건지도 모른다.

이건 헤밍웨이가 "나는 글쓰기로 돌아가서 온전히 몰입했다. 고개 한 번 쳐들지 않고, 지금이 몇 시인지, 내가 어디에 있는지조차 잊어버렸다. 럼주를 더 주문하지도 않았다. 게다가 럼주를 마시고 싶은 마음조차 사라졌다. 마침내 글이 완성되었고, 나는 갑자기 엄청난 피로를 느꼈다"*라고 쓴 대목에

---

* 어니스트 헤밍웨이, 『파리는 날마다 축제』, 주순애 옮김,
  이숲, 2012.

붙어 있는 메모다. 헤밍웨이가 쓴 '피로'라는 단어가 여행자로서 밤샘하는 나의 피로와 겹쳐서 써뒀을 것이다.

책을 읽다가 로마 숙소에서 만난 이십대 여행자 D가 한 말이 떠올라서 그것도 써뒀다.

가장 기억에 남는 여행지는 가장 오래 있었던 곳 같아요.

시간을 들인다고 해서 모든 것이 가치를 획득하는 건 물론 아니다. 하지만 대부분은 시간의 무게를 더해야 마음에서 무슨 일인가가 일어난다. 인생이란 시간의 소비 그 자체니까. D의 말이 여행이나 인생 혹은 사랑에 대해서도 두루 들어맞는 표현이란 생각이 들었다.

휴대폰 메모 앱을 이용하거나 휴대용 노트를 꺼내 적을 수도 있지만 그러지 않았다. 책을 읽다가 뭔가가 떠오르면 써서 바로 그 페이지에 붙여두는 방식이 좋았다. 마치 100년 전의 헤밍웨이와 대화를 나누듯이. 애초에 전자책이 아니라 종이책을 준비해온 사람다운 소통이랄까. 참피노 공항뿐만 아니라 파리의 카페 테이블에서도, 스페인과 포르투

갈에서 기차를 타고 이동하는 중에도 수시로 포스트잇을 붙였다. 책과 함께하는 여행은 평행우주를 몇 개 동반해 다니는 것처럼 기분 좋은 혼란과 몰입을 선사했다.

헤밍웨이가 파리의 카페에서 하루의 작업을 다 끝낸 뒤, 글에 대한 생각을 잊어버리기 위해 책을 읽는 부분에는 이런 포스트잇이 몇 장 붙어 있다.

여행을 가면 꼭 한 번은 울게 된다.

— 심보선의 시 「외국인들」에서

여행 때마다 이 구절을 떠올린다. 공항에서 새벽까지 노숙해야 하는 오늘 밤이 바로 그 '한 번'에 해당하지 않을까. 피곤한 몸으로 탁자에 책을 펼쳐두고 헤밍웨이의 글을 읽는 이 시간이 비현실적이어서 가슴이 벅차오른다. 가난했던 젊은 날, 파리에서 보낸 시절을 이렇게 꽉 찬 몸쪽 스트라이크의 언어로 쓴 사람이 결국은 총기 자살로 삶을 끝냈지. 덧없는 인생. 그럼에도 내일을 모르기에 누구나 최선을 다해 살아가는 오늘이란 시간… 머릿속이 아득해지면서 가슴께가 뜨끈해진다.

가끔 메모를 하면서 책에 흠뻑 빠져들었다. 몸은 비록 새벽 공항의 한기에 떨었지만, 상상과 영감을 불러일으키는 문장들을 통해 나만의 파리를 건설해갔다. 내가 어디에 있는지 더 이상 중요하지 않았다. 당시에 파리에서 활동하던 스콧 피츠제럴드와 거트루드 스타인, 제임스 조이스, T.S. 엘리엇을 만나는 카페를 상상했고, 생미셸 대로나 생제르맹 대로 같은 도로들을 미리 걸었다. 헤밍웨이를 비롯해 가난한 예술가들에게 영감과 도움을 준 '셰익스피어&컴퍼니 서점'을 책으로 먼저 방문해 며칠 뒤 실제로 찾아가 받을 감동을 예비하기도 했다.

뭐니 뭐니 해도 한밤의 그 차디찬 공기와 피로 속에서 나를 흔드는 압도적인 감정은 이것이었다.

나는 지금 파리로 가고 있다.

새벽 5시가 넘자 의자와 바닥 여기저기서 사람들이 몸을 일으키기 시작했다. 나도 짐을 부치기 위해 줄을 섰다. 그것으로 내 마지막 공항 노숙은 끝났다. 기내에 탑승해서는 마치 누군가가 뇌를 강아지풀로 쓸어내리기라도 하듯 잠에 빠져들었다. 그래봐야 고작 한두 시간 남짓이었지만. 출발지인 로

마의 공항이 시 외곽에 있었듯이 도착지인 파리의 보베 공항도 시내에서 70킬로미터쯤 떨어진 곳에 있었다. 그렇지, 이래야 고생의 완성이지. 흘러내리려는 자루를 곧추세우듯 무거운 몸을 끌며 숙소로 가는 동안 너무 피곤해서 웃음이 나왔다.

눈앞에는 '유럽풍'이 아니라 진짜 유럽의 건물들이 보였지만 사진 속 정물처럼 현실감이 없었다. 캐리어를 질질 끌며 비몽사몽 상태로 걷는 나를 파리지앵들은 무심히 지나쳐 갔다. 걸으면서 누군가에게 항복하듯 선언했다. 이렇게는 도저히 못 살겠어. 뇌가 납작 눌린 것처럼 사물이 일그러져 보이고, 팔다리에 힘이 안 들어가 제멋대로 흐느적거리잖아. 사람이 이렇게는 못 견뎌.

그러자 한 가지 뚜렷한 예감이 스쳐 갔다. 더 이상 밤샘은 못 하겠구나. 공항 노숙은 더더욱. 앞으로 고생하는 재능은 돈을 열심히 벌어 '쾌'한 여행 조건을 만드는 데 써야겠네.

인생 여정에서 어떤 것들은 언제 잃는지도 모르는 사이에 놓치고 말지만, 이렇듯 선명하게 상실의 순간을 기억하기도 한다.

뭣이라, 자면서 깨달음을?

지난날을 돌아보면 섬처럼 독자적이던 경험들 사이에 다리가 놓이곤 한다. 이 경험과 저 경험이 연결돼 하나의 흐름이 되면서, 나라는 인간의 퍼즐이 조금씩 맞춰지는 느낌이랄까. 예를 들면 20년 전, 잠 수행으로 유명한 티베트인 스승을 찾아가던 무렵엔 몰랐다. 20년 뒤의 내가 '잠'에 관한 글을 쓰리라는 것을. 20년이라니. 그런 세월을 축적하고 말하는 건 나와 상관없는 일 같았다. 그저 자면서 장자의 호접몽 같은 변환을 꿈꾸거나, 외면하고 도피하거나 생명력을 충전하거나, 잠에 대한 조각난 경험만 있었을 뿐이다.

그 만남은 첫 인도 여행에서 만난 티베트인 친구 소남의 얘기에서 시작됐다.

"데라둔(Dehradun)에 가면 슬리핑 라마가 계셔. 잠을 자면서 수행을 해 깨달음을 얻으신 분이지."

나는 깜짝 놀라 되물었다.

"익스 큐즈 미? 뭣이라, 자면서 깨달음을?"

그 당시 나는 명상 잡지의 편집자로 일하다 여행을 간 터라 수행, 영성, 채널링*에 대해 얄팍하나

---

* 인간과 다른 차원의 존재들 사이에 이루어지는 일종의 상호 영적 교신 현상을 이르는 말.

마 지식이 있었다. 그 인연이 여행까지 이어져 인간 의식의 깊고 섬세한 면면을 탐구하는 일에 대해 들려주는 이를 만나곤 했다. 화장터에서 수행하는 힌두 요기를 만나고, 티베트에서 건너온 밀교 성취자(깨달은 이)를 만나는 행운도 누렸다. 찬바람 들이치는 좁은 통로에서 몇 시간씩 앉아서 달라이 라마의 법문을 듣기도 했다. 거저 얻어지는 건 없었다. 그들을 만나기까지 고된 이동을 하고, 오염된 물 때문에 배앓이를 하면서 수업료를 톡톡히 치러야 했다.

남인도에선 이름난 성자를 만나려다 한바탕 소동을 치른 일도 있었다. 오랜 기다림 끝에 중앙 무대에 성자가 나타나자 무심코 사진을 찍었다. 그러자 놀라워라. 즉시 어디선가 건장한 남자 둘이 나타나더니 내 양쪽 팔을 붙잡고 끌고 가는 거다. 혹시 몰래 영화를 찍고 있고, 나도 모르는 사이에 엑스트라로 뽑혔나? 하지만 남자들의 표정은 '험악하다'는 표현의 현실 버전처럼 굳어 있었고, 진지했다. 그곳의 성자는 맨손에서 황금을 만들어내는 기적으로 유명했다. 나중에야 알았다. 하필이면 언론의 취재로 속임수가 있네, 어쩌네 논란이 일어나 시끄러울 때였음을. 사정을 모른 채 여행자 입장에서 사진 몇 장 찍었다가 사달이 난 거였다.

그들은 사무실로 끌고 가더니 먼저 여권부터 보자고 했다. 나는 여권을 압수당하고 기자가 아닌지 호되게 추궁당했다. 남자들 앞에서 카메라 액정을 보여주며, 초점도 안 맞고, 사람들에 가려 새끼손톱만 한 크기로 찍힌 성자와 건물 사진을 지웠다. 그리고 여권을 돌려달라고 통사정했다. 나도 모르게 눈물이 철철 흘렀다. 흑역사, 치욕, 망신, 이런 걸 생각할 겨를도 없었다. 무사히 여권을 챙겨서 나와야 했다. 성자를 만나기 위해 얼마나 먼 곳에서 왔는지, 그를 얼마나 만나고 싶었는지 눈물로 호소하기 시작했다. 그러자 한 남자가 서랍에서 성자와 관련된 재*를 꺼내더니 내 손바닥에 한 꼬집 정도 덜어 줬다.

"물로 삼켜라. 신성한 거다."

노기와 의심으로 가득한 눈들이 꿰뚫듯이 나를 노려보고 있었다. 설마 지금 테스트하는 건가? 나는 손바닥을 털어 회색 재를 혀에 얹었다. 그리고 생수를 마셔 목 안쪽으로 넘겼다. 먼지 같은 내음이

---

* 힌디어로 비부티(Vibhuti)라고 하며, 주로 마른 나무를 태워 만든다. 신자들은 특별하고 영험한 기(氣)가 깃들어 있다고 믿는다.

낮을 뿐 아무 맛도 없었다. 그래도 찝찝하고 거북해서 남은 생수를 몽땅 마셔버렸다. 남자들의 노기가 조금 누그러들었다. 다시는 카메라를 꺼내지 않겠다고 다짐한 뒤에야 여권을 돌려받을 수 있었다. 그들에게서 풀려나 햇빛이 끓는 거리로 나서자 진절머리가 났다. 이렇게까지 통제해서 지켜야 할 명성이라면, 깨달음이 무슨 의미가 있을까. 이름난 성자들을 만나러 방랑하는 것이 사람들이 말하던 영적 쇼핑과 무엇이 다를까. 성스러움을 좇는 과정에서 속됨을 견디는 것이 영혼의 성장으로 이어진다는 보장이 있나. 수행이 꼭 이처럼 고달프고 씁쓸한 방식이어야 하나. 속에서 의문과 불만이 몰아쳤다.

그런데 잠깐! 내가 탐닉해 마지않는 잠을 자면서도 수행할 수 있다고? 고생 없이, 몸과 마음의 에너지 소모 없이 편안히 누워서? 마치 치킨, 삼겹살, 빵을 양껏 먹고도 체질량 지수를 20쯤으로 유지할 수 있다는 얘기처럼 들렸다. 영적 지도자와 신도들과 공동체를 둘러싼 세속적인 잡음 같은 것에 신경쓰지 않고 이 세계를 초월할 방법이 있나 보다. 더구나 습관과 욕구를 포기할 필요도 없이. 이게 복음이 아니면 뭘까!

세부 계획 없이 그때그때 인연 따라 행선지를

정하던 때여서 망설임 없이 데라둔으로 갔다. 인도 여행에서 장소를 이동할 때는 강한 체력과 인내심이 필요하다. 로컬버스의 딱딱한 의자가 엉덩이를 파고들다 못해 굳은살이 박이고, 비포장길에서 피어나는 흙먼지를 두 양동이쯤 마신 뒤에야 데라둔에 도착할 수 있었다.

지금도 그렇겠지만 당시에도 데라둔까지 찾아가는 여행자는 많지 않았다. 인도 북서부에 위치한 데라둔은 인도로 망명한 티베트인들이 모여 사는 지역 가운데 하나였다. 인도는 워낙 큰 나라여서 유명 관광지만 돌려고 해도 몇 개월이 걸린다. 그러니 딱히 손꼽을 만한 여행 포인트가 없는 데라둔까지 갈 이유는 없었다. 티베트인 정착촌에 도착해보니 역시나 거리에는 티베트인 스님만 오고 갈 뿐 외국인은 보이지 않았다.

숙소에 짐을 풀자마자 소남이 알려준 사원을 찾아갔다. 마당에서 비질을 하고 있던 젊은 스님에게 용건을 전했다.

"린포체 님을 뵙고 싶어서 왔어요."

그는 수줍은 표정으로 안쪽 건물로 안내하더니 동료 스님에게 나를 맡기고 가버렸다. 나를 떠맡은 스님이 영어로 말했다.

"많은 사람들이 스승님을 뵙고 싶어서 오는데요. 모두가 성공하진 못해요. 스승님이 깨어 있는 시간을 맞추기가 쉽지 않으니까요."

낮에도 잠 수행을 하는 경우가 많아서 접견할 시간을 내기가 어렵다는 얘기였다. 납득이 갈 만한 사정이었다. 그렇다고 해서 실망이 옅어지진 않았다. 여기까지 고생스럽게 왔는데 그냥 돌아가야 하는 걸까. 나는 진짜로 나라를 잃은 사람 앞에서 나라 잃은 표정을 짓는 망발을 저질렀다. 내 눈빛이 절박해 보였던지 스님이 빙긋 웃었다. 그리고 반전이 있었다.

"하지만 당신은 운이 정말 좋군요. 마침 깨어 계실 때 왔어요."

"아, 정말요?"

뛸 듯이 기쁘면서도 얼떨떨했다. 여행의 신 헤르메스가 보살펴주고 있는 게 틀림없어. 행운을 감지한 심장이 즉시 온몸으로 피를 왕성하게 돌리기 시작했다. 앞서 걷는 스님의 실루엣만 시야에 가득 들어왔다. 평생 운의 20퍼센트쯤을 오늘 쓰나 보다. 흥분과 긴장으로 발이 땅에 닿는지 어떤지도 느끼지 못한 채 따라갔다.

법당 안에는 티베트 전통 향이 타고 있어서 마

른 풀 내음이 가득했다. 양쪽 벽에 탱화가 일정한 간격을 두고 걸려 있고, 정면에선 커다란 불상 세 좌가 아래를 굽어봤다. 무엇보다 인상적인 건 잠자기 좋을 만큼 적당한 어둠이었다. 속으로 '과연!' 하고 감탄했다. 이 정도 조도여야 수행하기 딱 좋겠지. 어둑한 실내 때문에 가까이 다가갈 때까지 그분의 얼굴은 잘 보이지 않았다.

마침내 그분 앞에 이르렀다. 그는 둥글둥글한 얼굴에 옅은 웃음기를 머금고 나를 바라봤다. 속으로 흥분을 가라앉히며 몸을 접어 인사를 드렸다.

"어디서 왔나?"

그분이 아이처럼 천진한 얼굴과 목소리로 물었다.

"사우스코리아요."

"어디 어디를 가봤나?"

"다람살라에서 달라이 라마를 친견하고 법문을 듣고 오는 길이에요."

나는 현실감을 가지려 애쓰면서 간신히 답했다. 내 대답에 슬리핑 라마는 눈썹을 약간 위로 올리면서 '아하!' 하는 표정을 지었다. 그는 온화하면서도 호기심 어린 표정을 풀지 않고 나를 가만히 바라봤다. 이상하게도 수행을 오래 한 분 가까이에 있으면 직전까지 수십 가지 질문 목록을 가지고 있다가도 까무룩 잊었다. 모든 의문과 고통이 사소하게 느껴지고, 심지어 아무 문제 없는 것처럼 느긋해졌다. 어쩌다 궁금한 게 떠올라도 '에이, 지금 그게 뭐가 중요해' 하면서 스스로 물러섰다. 그 순간에도 그랬다.

몇 가지 일상적인 문답이 오고 간 뒤, 그분이 머리를 숙여보라는 손짓을 했다. 무릎걸음으로 더 가까이 다가가서 고개를 숙였다. 그분은 뜻밖에도 내 정수리를 톡톡 손바닥으로 두드렸다. 가벼운 타격감이 두피를 뚫고 깊은 안쪽까지 전류를 일으켰다. 마치 내 존재의 정수를 노크해 '안녕? 괜찮니?' 하고 묻는 것 같았다. 짧은 순간, 마음을 한 번 휘저은 것처럼 여러 생각이 번갯불처럼 오갔다. 뭔가를 물으려면 지금이 가장 적당한 때라는 직감이 들었다.

이분은 지금 헤어지는 의식을 하는 거다. 시간이 없어.

그러자 잠시 누그러졌던 긴장이 되살아났다.

어째서 수많은 수행법 가운데 '잠'을 콕 집어 선택했는지, 잠 수행법이란 무엇인지, 티베트에서 언제 인도로 망명했는지 묻고 싶은 것이 많았다. 여기가 오늘 누울 자리구나. 마음 놓고 엎어져서 나를 사로잡았던 슬픔과 불안, 두려움, 분노를 다 털어놓고도 싶었다. 젊음의 한가운데서 느끼는 삶의 불가해함과 불공평도 일러바치고 싶었다. 하지만 짧은 망설임의 순간이 지나자 허무하게도 내 운명은 이미 정해져버렸다. 허용된 시간이 끝난 것이다. 인사를 나누고 축복을 받는 정도가 그날 내가 누릴 수 있는 복락의 최대치였다. 사실 그 정도 만남도 대단한 행운이었다.

자면서 그가 어떤 수행을 했는지, 어떤 깨달음에 이르렀는지는 모른다. 하지만 한 가지는 확실하게 눈으로 확인할 수 있었다. 오십대 이상으로 보이는 그의 피부가 눈에 띄게 매끄럽고 반짝반짝 윤이 났다는 것. 잠과 피부의 상관관계를 그토록 멀리까지 가서 확인할 줄이야. 역시 잘 자야 피부가 좋아. 겨우 그런 발견을 한 자신을 부끄러워하며 고개를 끄덕끄덕하다 끌려 나왔다.

가끔 그분의 손이 닿던 정수리의 감촉이 생각나곤 한다. 내 안의 무지를 물리치고 잠재된 에너지를 깨워주고 싶었을까. 하지만 당시 내 수준으로는 감당할 만한 힘이 아니었을 것이다. 범상치 않은 분들에게서 자연스럽게 흘러나오는 고귀한 것을 추수해 영혼을 리뉴얼하는 건 오롯이 내 몫이었다. 이전과는 다른 삶을 살겠다는 결단이 필요했는데, 그 결단을 항상 미래의 나에게 맡겼다. 그러고는 괴로움이 닥쳐야만 미친 듯이 벗어날 방법을 찾아 돌아다녔다.

그때 슬리핑 라마와 좀 더 오랜 시간 이야기를 나눴다면 어땠을까.

"꿈을 꾸면서 꿈인 줄 알아차리는 걸 자각몽이라고 해. 이걸 연습하다 보면, 깨어 있는 낮의 세계도 꿈임을 깨닫게 되지. 연습을 통해 덧없음을 실시간으로 알아차리면 집착에서 자유롭게 돼. 그게 해방이고 자유지. 꿈처럼 이 세계가 무상하고 공(空)하다는 걸 배울 수 있기에 잠은 죽음을 연습하기에 더없이 좋은 기회야. 인생을 마무리할 때 과연 자각 상태에서 죽을 수 있느냐는 중요한 문제지."

만약 이런 얘기를 슬리핑 라마가 들려줬다면, 그때의 나는 알아들었을까. 진부한 문자의 나열이나 지식으로 스쳐 보내지 않고, 내 존재를 뒤흔드는 실존적 가르침으로 받아들였을까.

죽음을 영면(永眠)이라고 한다. 영면, 영원한 잠. 진정한 잠 덕후가 이르는 최종 관심사. 그리스 신화에선 잠의 신 허프노스의 쌍둥이 형제가 죽음의 신인 타나토스다. 잠과 죽음이 한 가족인 것을 고대인들은 잘 알고 있었다. 잠은 지금 여기와 죽음

사이의 중간 지대이기도 하다. 깨기 전까지는 물리학자 슈뢰딩거의 사고실험 속 고양이처럼 매일 생사가 중첩된 상태를 겪는다.

나는 크게 아파서 고생한 뒤부터 잠의 이런 면모를 새롭게 자각하기 시작했다. 잠드는 것이 얼마나 순수한 기쁨이자 안식인지 그 원초적인 감각을 다시 배웠다. 잠과 꿈이라는 렌즈로 인생을 바라보자 자고, 꿈꾸고, 일어나 살다가 다시 잠에 들던 날들이 생명의 신비 자체였음이 실감 났다. 그리고 언젠가 다가올 영원히 깨지 않을 잠에 대해서 더 깊이 주의를 기울이기 시작했다.

20년 전, 슬리핑 라마가 있던 법당을 나와 사원의 벤치에 앉아 있는 나를 본다. 어디를 다녀오고 누구를 만나면, 무엇을 구비하면, 책을 내면…. 조건문의 인생을 걸고 한참 욕망하고 좌절하며 헤매고 있는 젊은 나에게 무슨 말을 해줄까. 목구멍 안쪽의 검은 허공에 아무런 언어도 맺히지 않는다. 타임머신을 타고 그때로 돌아갈 수 없다는 사실 때문만은 아니다. 수많은 시도와 경향성이 작동해 인생은 결국 되어야 할 방향으로 되어가기 마련인 것. 겪어야 할 일을 마땅히 겪으며 앞으로 나아갈 수밖에 없음을 알아서다.

수면계의 홀든 콜필드가 되고 싶어

누구나 보자마자 연민이 솟아나는 심리적 아킬레스건이 있을 것이다. 본인의 자전적 기억과 내상이 반영된 마음의 상흔 같은 것이. 내게도 몇 가지가 있는데, 그 가운데 하나가 잠든 사람을 보는 일이다. 눈꺼풀로 세상 쪽에 셔터를 내리고 혼수상태 비슷하게 곯아떨어진 사람을 보면, 아무리 얄미운 사람이라도 마음이 풀린다. 현실에서 사회적 위치가 어떻건 상관없이, 잠든 이는 연약하고 무능하다. 영혼은 어디론가 떠나고 껍질만 이쪽에 있는 것 같다. 몸은 가까이 있지만 어느 때보다 단절돼 있는 순간. 그 단절이 있어야 우리의 연결은 순조로워진다.

잠든 이를 억지로 깨우는 일은 정말 내키지 않는다. 그래서 로또 당첨이나 지진, 3차대전 같은 일이 일어나지 않는 한, 어지간하면 그냥 둔다. 몸에 고인 잠의 샘물을 바닥까지 퍼낸 뒤 자연스럽게 깨는 개운함을 맛보도록. 휴식에 방해가 될 만큼 너무 지나친 잠만 아니라면 말이다.

어느 여름날 오후, 잠든 이를 지켜보다 부채를 부쳐준 적이 있었다. 잠에 온전히 사로잡힌 얼굴엔 천진한 열락이랄까, 만족감이 깃들어 있었다. 그 순간에 필요한 건 선풍기나 에어컨의 인위적인 바람과 냉기가 아닌 것 같았다. 아니, 문명의 이기가 일으키는 바람으로 내 마음을 표현하기엔 성에 차지 않았는지도 모르겠다. 집에는 마침 길거리에서 홍보용으로 나눠 준 플라스틱 부채가 있었다. 한참을 인간 발전기가 되어 수제 바람을 만들었다. 미세한 세기와 방향 조절이 가능한 바람을 끼얹는 동안 문득 샐린저의 『호밀밭의 파수꾼』이 생각났다.

주인공 홀든 콜필드는 호밀밭에서 노는 아이들이 떨어지지 않도록 낭떠러지 가장자리에서 지켜보는 파수꾼이 되고 싶다고 했지. 누군가의 잠을 지켜주는 이는 어떨까. 힘껏 자고 일어난 이가 자기 삶으로 돌아가 소중한 것들을 놓치지 않고 살도록 도울 수 있다면.

잠 파수꾼.

어릴 적 우리 집 앞에는 기차역이 있었다. 오막살이는 아니었지만 '기찻길 옆 오막살이 아기 아기 잘도 잔다'라는 동요 가사에 들어맞을 만한 상황에서 자랐다. 기차가 지나가건, 도착하느라 시끄럽건 상관없이 아기였던 나는 잘 잤다. 아무리 주위가 소란스러워도 자연스러운 배경음 삼아 잤던 아기. 그 아기는 자라서 잠을 좋아하는 어른이 됐는데, 슬픈 동화의 후반부처럼 불면의 고통도 알게 됐다. 그 경험을 자양분 삼아 잠 파수꾼까지 꿈꾼다.

홀든 콜필드는 "내가 하는 일은 누구든지 낭떠러지에서 떨어질 것 같으면 얼른 가서 붙잡아주는 거지" 하고 호밀밭의 파수꾼 역할을 설명한다. 잠 파수꾼이 하는 일도 비슷하다. 누가 중간에 깰 것 같으면 얼른 붙잡아서 다시 잠의 축복 속으로 돌아가게 하는 거다. 행여 깰까 봐 까치발로 다니며 가만가만 보살피는 일에는 뭔가 탈속적인 아우라가 있다. 결국은 그 다정한 에너지를 주고받으며 내가 구원받고 싶은 것인지도 모른다.

프랑스 시인 생 폴루는 낮잠을 잘 때 방문에 이런 표지를 걸어두었다고 한다.

'시상(詩想) 작업 중.'

잠에 바치는 최상급 찬사였다.

잠 파수꾼을 할 때 나는 방문에 이런 팻말을 걸어두고 싶다.

'인류애 발산 중.'

인생의 어느 시점에 이르면 사치스러운 소망이 생긴다. 괴로움이 오더라도 품위 있게 받을 수 있기를. 미쳐버릴 것 같은 불안한 영혼으로도 위엄을 간직하기. 곤란과 비참을 억누르거나 억지로 극기하려 않고, '있을 수 있는 일'이 내게도 왔음을 받아들이기. 운명을 헤쳐나가면서도 온화함과 편안함을 잃지 않기. 흔들리고 헤매면서도 타인을 다치게 하지 않기.

하지만 숙면 없이는 최소한의 내면조차 가질 수 없다. 그러니까 잠 파수꾼은 적어도 잠이 부족해서 기품과 연민을 잃는 일은 없도록 도와주는 사람이다.

잠 파수꾼의 역할은 다음과 같다.

요란한 벨 소리에 깨지 않도록 휴대폰 무음으로 해두기. 커튼이나 블라인드를 내려 어둠 채집해주기. 가위에 눌려 귀신 울음소리를 내고, 벼락같은 잠꼬대를 해도 놀라서 맞고함 지르지 않기. 비몽사몽 상태에서 '지금 몇 시냐'고 물어오면 시곗바늘을 10분쯤 뒤로 돌려 말해주기. 숙면에 도움이 된다면 손으로 머리카락을 빗어줄 수도 있다. 심리적 안정이 필요하다면 속삭임 서비스도 가능하다.

"피곤하지? 외롭고 두렵지? 괜찮아. 두려워하는 일이 실제로 일어난대도 모든 문이 닫히진 않아. 가만히 지켜보면 아주 작은 틈새라도 반드시 있어. 그동안의 삶에서 부족했던 것, 정말로 필요했던 것이 뒤늦게 오려고 그러는 거야. 당신이 인간답게 살아보려고 얼마나 분투했는지 알아. 모진 마음이 들고, 화와 원망과 환멸이 들끓었을 때는 또 어땠어? 그거야말로 엄청난 에너지를 소모하며 생명을 갉아먹는 거였지. 그것도 그 순간엔 노력하는 거였지. 어떻게든 살아보려고 노력하는 거였어. 돈이나 실력이 부족해서, 혹은 탐욕과 어리석음 때문에 지금이 이렇다고 당신의 지나온 날을 깎아내리고 싶지 않아. 적어도 지구상에 한 사람은 당신의 애씀을 알고 있어. 그러니 지금은 그냥 쉬어."

잠 파수꾼은 자는 동안 지나가는 것들이 있다는 걸 안다. 예를 들면, 편두통과 불안, 욕망, '맙소사, 이게 인생의 전부라고?' 싶은 허망한 마음 같은 것들. 그 덕분에 한 시절을 기대어 잘 살았다. 나도 당신도, 이 행성도. 그리고 앞으로도.

나를 만든 세계, 내가 만든 세계
'아무튼'은 나에게 기쁨이자 즐거움이 되는,
생각만 해도 좋은 한 가지를 담은 에세이 시리즈입니다.
위고, **제철소**, **코난북스**, 세 출판사가 함께 펴냅니다.

아무튼, 잠

초판 1쇄 2022년 10월 31일
초판 3쇄 2023년 8월 28일
지은이 정희재
펴낸이 김태형
펴낸곳 제철소
출판등록 제2014-000058호
전화 070-7717-1924
팩스 0303-3444-3469
제작 세걸음

right_season@naver.com
instagram.com/from.rightseason

ⓒ 정희재, 2022

ISBN 979-11-88343-59-1 02810